庫

ヨッパ谷への降下

自選ファンタジー傑作集

筒 井 康 隆 著

新 潮 社 版

7853

目次

薬菜飯店……七
法子と雲界……四七
エロチック街道……七七
簞笥……一一一
タマゴアゲハのいる里……一三九
九死虫……四九
秒読み……六九

北極王……一九七
あのふたり様子が変……二〇九
東京幻視……二三三
家……二三九
ヨッパ谷への降下……二七五
解説　河合隼雄

ヨッパ谷への降下

自選ファンタジー傑作集

薬菜飯店

料理の旨《うま》かった店が、有名になるとすぐまずくなり、そのまま名前だけでいつまでも続いている東京、誰も来なくなってすぐにぶっ潰《つぶ》れる大阪などと異り、神戸は比較的うまい店が比較的有名にもならず、まずくもならず、いつまでも続いている。

それでもたまには、相当に旨くて相当に有名な店でさえ、もとの場所から引越すことがあり、こっちはそんな店なら当然いつまでももとの場所にあるものと信じているのでまごついたりする。

このあいだも、二宮町にあった筈《はず》の海鮮料理「海皇《ハイファアン》」へ行くと、あるべき筈のビルがない。あれえっ。引っ越したのかなあ。東京の赤坂に支店を出しているほどの店だ。まさかぶっ潰れたりはするまいがなどと思いながら電話帳で調べると、なんとポートアイランド・ビルへ移っていた。

「前の場所へ行っちまったよ」新しい店へたどりつき、出てきた店長におれはそういった。

「さてはあなた、何も知らなかったか。あの場所から温泉が湧《わ》いたねえ。いやもう大変な騒ぎよ」

いったんは風呂《ふろ》屋になったものの、客が入らず、すぐ潰れたという。それにしても都会のど真ん中から温泉が出るという、神戸というのはまことに不思議なところだ。

さて、右のことからもおわかりの通り、おれは中国料理が好きであり、それは子供の頃《ころ》、親につれていってもらった支那《しな》料理の時代からずっと続いている。支那料理→中華料理→中国料理と次第にまずそうになっていく名称の変化はあっても味は変わらない。そしてこの中国料理好きが、即《すなわ》ち以下の体験をおれに齎《もたら》したのであった。

「中華街」というものが神戸にはあり、これは元町通りの南側に十数軒かたまってい るのであるが、神戸の中国料理店はもちろんここだけにあるのではない。「別館牡丹《ぼたん》園《えん》」「東天閣」「群愛飯店」「第一楼」など、大きな店が市内全域に散らばっていて、一方では細い路地の中に小さな店があったりもし、そしてこれが中国人の経営するなかなか旨い店であったりもするから油断できない。

ある日おれは散髪に行った帰途、下山手通りから国鉄三ノ宮駅に出る路地を抜けようとした。「薬菜飯店」を見つけたのは、近道をしようとして南北に通じる路地へ入った時である。間口わずか一間、数階建てのビルの裏に密着して、その小さな中国料理店はひっそりとうずくまっていた。戸の片側のわずかな壁を利用してショウ・ウィンドウがあり、その中には手書きのメニューが一枚貼《は》られているだけである。

薬菜各種献立

鼻突抜爆冬蛤（肥厚性鼻炎治癒《ちゆ》）
味酒珍嘲浅蜊（肺臓清掃）
冷酔漁海驢掌（肝機能賦《ふ》活《かつ》）
煽首炸奇鴨卵（咽喉《いんこう》疾患治癒）
睹揚辣切鮑肝（視力回復）
焦鮮顎薊辛湯（鼻中隔彎曲《わんきょく》症治癒）

他健康薬菜百種

ぐび、と、おれののどが鳴った。

今流行の、いわゆる漢方料理とか薬膳《やくぜん》とかいったもののようだが、長ったらしい料理の名前がまことに刺戟《しげき》的であった上、その効能が現在のおれのからだの具合が悪いところすべてに関係していたからでもある。からだに必要なものは食欲となって自然に摂取されるというが、文明人たるおれは文字そのものから摂取欲を起したわけだろう。午後四時であり、ちょうど空腹になりかけてもいた。

「食べていこう」と、おれはつぶやき、各色の色ガラスを嵌込《はめこ》んだ賑《にぎ》やかなガラス戸を開けた。「食べよう、食べよう」

「いらっしゃあい」黄色い声があがり、隅《すみ》のテーブルでマンガ週刊誌を読んでいた赤い中国服の娘が立ちあがった。

店内はほんの数坪、テーブルも壁ぎわに六つあるだけだ。客はひとりもいず、ほのかに薬草の香りがする。おれは中ほどのテーブルに向かって腰をおろし、さっそく大きな二つ折りのメニューを拡《ひろ》げた。メニューには料理の上に番号が書かれていて、それはなるほど、一からきっかり百まであった。

菜単

1　姜苦葱酸鹿胆（血圧低下）
2　饌禁焼精香飯（脳動脈硬化治癒）
3　蝗油劇骨肉翅（貧血症治癒）
4　波羅蜜辛鮮虾（脳細胞賦活）
5　忌海蘑菇激醤（偏頭痛治癒）
……


ごく、と、おれののどが鳴った。

異様なまでに食欲が湧き起ってきたのである。メニューを見ただけではどのような料理なのかよくわからず、やはり解説して貰《もら》わねばならないのであろうが、単に字面《じづら》を見ただけでその旨さを想像させるものがあり、味覚を刺戟した。

「あのう」おれは顔をあげて中国服の娘に言った。「料理の説明をしてほしいんだけどね」

娘はにっこり笑ってうなずき、奥へ向かって叫んだ。「爷爷《イエイエ》。お客さんよ」

調理場の戸をあけてあらわれた主人というのは血色のいい、よく肥《ふと》った初老の人物で、満面に笑みを浮かべ、お定まりの泥鰌髭《どじょうひげ》を生やしていた。「あなたよく来たな」

「どれもみな、旨そうなものばかりだね」

「どれもみな旨いよ」そう言ってから主人は娘を振り返った。「青娘《チンニャン》。お前、鹿葉茶《ルーイエチア》をもてくる」

「はい」

「料理の名前旨そうに見える。それあなたのからだ、これらの薬菜欲《ほ》してるからよ」

と、主人は言った。「あなたどこ悪いか」

「悪いところが多過ぎてね」

「このメニュー、番号順に、頭からからだの下の方へ行くようになているよ。最後、足で終るね。あなた頭悪いか」

「頭は悪いけど病気ではない。まず、視力が低下してきていて、それから鼻が悪いんだよね」

「眼《め》と鼻。この辺だね」主人がメニューを指した。


……

8　烩槍虹腐菌肉（紅緑色盲治癒）

9　睹揚辣切鮑肝（視力回復）
10　煙歯幻揚狗熊（蓄膿《ちくのう》治癒）
11　鼻突抜爆冬蛤（肥厚性鼻炎治癒）
12　焦鮮顎薊辛湯（鼻中隔彎曲症治癒）
13　昂唐味蝸牛殻（聴力回復）
……

「9に11、それに12だ」おれはそう叫んでから、満月の如《ごと》き店主の顔をふり仰いだ。「しかしねえ、このメニュー、やたらに治癒だの回復だのと書いているけど、いいのかい。誇大宣伝で薬事法の違反になるんじゃないか。これ、あくまで料理だろ」

「料理でもあるが、薬でもあるから心配ないね。ここに書いた通りの効能あるよ」彼は壁に掲げられた額縁入りの許可証を手で示した。「わたし薬の製造、輸入、販売の許可、厚生大臣から貰ってるし、薬局の開設許可、県知事から貰ってるよ。食品衛生法の検査にも合格してるよ」

「ではあなたは、そんなに偉いひとだったのですか」おれは口調を改めた。「では、これはただの漢方料理とか薬膳とかいったものではないのですね」

「お前よく知《し》ているな」主人の口調は急に生徒に対するようなぞんざいさを見せはじめた。「漢方料理、薬膳、これ中国三千年の知恵ね。この店の料理ももとはそれから来ている。わたしの家系、先祖代代食医だたからね」

「食医って、なんですか」

「中国に、周という時代あったな」主人は講義調で喋《しゃべ》りはじめた。「そのころ医者には、食医、疾医、瘍医、獣医の四種類があった。疾医は内科で、瘍医は外科。だけどその中で食医がいちばん偉かたね。これは皇帝の食事を管理した。つまりのこと、この食医が皇帝の体調にあわせて滋補薬膳というもの作った。それ以来わたしの家、滋補薬膳の漢方医家として今まで続いてきた。しかしのこと、わたしそれに飽き足りなかたのだよ。中国での本格的な薬膳、生薬の味と匂《にお》いが強過ぎて、料理というよりもむしろ薬そのものね。苦くて不味《まず》くて、多くはのどに通らないよ。日本では日本人が食べやすいような薬膳料理作っているけど、これまったく逆のこと、あれまったく薬効なし。そこでわたしは世界中歩きまわって薬効のある珍味美味探し求めて、これに十八年かかたな」

娘が茶托《ちゃたく》に湯気の立つ茶碗《ちゃわん》をのせて出てきた。「爷爷《イエイエ》。お勉強ながく続くとお客さんが退屈するわよ。お料理作ってくれなきゃ」

「曖呀《アイヤ》。これはしまたことしたな。わたしいつもの悪い癖出たよ」主人は笑いながら、注文を確認した。「9に11、それに12だったね」

主人は調理場へ戻り、娘はおれの前に茶托を置いた。赤い茶からは丁子《クローブ》に似た香りが立ちのぼっている。

「あの人の名、イエイエっていうのかい」

「爷爷《イエイエ》は中国語で、お爺《じい》ちゃんっていう意味よ」

孫娘らしい。

「このお茶も、何かの薬なの」

「食欲増進のお薬なんだって。胃腸の働きがよくなるのよ。中国山西省の呂梁《ろりよう》山脈に九十年も長生きする密天鹿《みてんろく》という鹿《しか》がいて、そのあたりにはこの鹿葉という草しか生えていないから、その鹿はこの草の葉ばかり食べているんだって。胃腸は万病のもと。長寿の源。爷爷《イエイエ》がそう言ってたわ。だからこれ、鹿葉茶」

「もっと欲しいな」ひと息に呑《の》み乾し、その味のよさに驚いておれはそう言った。

「でも、一度にあまり呑むといけないんだって」

「高貴な味だ」

奥で主人が孫娘を呼んだ。「青娘《チンニヤン》」

「はあい」娘は茶托を持って奥へ入った。

たちまち腹が鳴りはじめた。「空腹になりかけていた」程度だった筈なのに、おれは一瞬、餓死の恐怖に見舞われた。約二週間、獲物《えもの》にありつけなかった野獣の気持というのがちょうどこういうものではないのかとおれは想像した。しかしその空腹には一種の爽快感《そうかいかん》が伴っていた。空腹でもないのに、たとえば会食などで無理やり食事しなければならぬ場合があるが、ああした際の不快感とはまったく逆のものだ。

娘が、スープ皿を持って出てきた。「最初はやっぱり、スープがいいだろうって。さっきは自慢話ばかりして、肝心のお料理の説明をしなかったといって、爺爺《イエイエ》があやまってたわ。これ、アゴアザミのスープです」

「12番だね。アゴアザミってなんだい」

「ほら、花屋さんでよく売っている、ドイツアザミっていう外来種の薊《あざみ》があるでしょ。あれに近い種類で、山地にしか生えないの。ドイツの山岳地帯のひとが若葉と根を食用にしてるわ」

「君も詳しいんだね」

「と、爺爺《イエイエ》が言っておりましたあ」けらけら笑い、娘は奥へ入った。

熱くて辛いスープをふうふう吹きながら飲むうち、最初のあいだは味がよくわからなかったが、旨味《うまみ》が口いっぱいに拡がりはじめた。一種の焦《こ》げ臭さがなんともいえぬ香ばしいコクになりはじめ、スプーンを動かす手がとまらなくなってきた。葉や根を焼いてから煮つめ、漉《こ》したものらしく、スープは透明であり、ふちがぎざぎざの薊の若葉が一枚浮かべてあるだけだが、これはむしろ飾りなのであろう。

飲み続けるうち、やたらに洟《はな》が出はじめた。ティッシュ・ペーパーで拭《ふ》きながら飲み続けたが、次つぎと出てくるのでとうとうティッシュ・ペーパーがなくなってしまった。テーブルの上には紙ナプキンもない。おれはしかたなく、ハンカチを出して洟を拭《ぬぐ》い続けた。

「はあい。9番です」娘が皿を持って出てきた。「鮑《あわび》の肝《きも》よ」

「鮑の肝が眼にいいってことはよく聞くけど」ハンカチで鼻を押さえたまま、おれは訊《たず》ねた。「これもきっと、何か特殊な鮑なんだろうね」

「わたしは知らない。あとで爺爺《イエイエ》に訊《き》くといいわ」彼女は奥へ戻る。

唐辛子《とうがらし》のような赤い粉で包んだ鮑の肝をひと口食べて、その辛さに驚いたものの、これは肝の苦みを消すためのものであるのだろう。片方でスープをすすりながら食べるうち、赤い粉は唐辛子でないらしいことがわかってきた。これはむしろ、何やらニンニク類に近いものである。おれはニンニク大好き人間であり、そのあまりの旨さには思わずのどが鳴った。こいつは是が非でもこの調味料の名を訊かなければと思いながら食べるうち、どろりと大量の洟が出てしまった。もうハンカチでは追いつかない。

　おれは奥に向かって叫んだ。「ニャンニャン」

「青娘《チンニャン》です」そう言い返しながら娘が出てきた。「どうかしたの。ははあ。洟か」

「なぜか知らんがやたらに洟が出る。ティッシュ・ペーパーをくれ」

「はい」

「ひと箱くれ」

「はあい」彼女はティッシュ・ペーパーの箱を隅の戸棚《とだな》から出してきた。「今、爺爺《イエイエ》が11番のお料理を持って出てくるわ」

　主人がでかい丼鉢《どんぶりばち》を持って出てきた。「この料理、ちょとばかり、きついぞ。おや。あなたどうかしたか」

「この赤いものは、調味料かい。薬かい」次つぎとティッシュ・ペーパーを出して鼻の下を拭いながら、おれは訊ねた。「ただの調味料ではなさそうだね」

「あなたよいこと聞いてくれたな」丼鉢を置き、店主は破顔した。「フランスの薬科大学にいる時、わたしが栽培した新種のナス科の植物の種子で、わたしが辣切《テーチェ》と名づけたものよ。このカロチノイドがクロアワビの一種の地中海産のホノヤマダカという鮑の、ふつう肝と呼ばれている内臓の塩化カルシウムに作用すると猛烈な効果を発揮して、それは視覚領域全般に及ぶね。お前もうすぐ涙ぽろぽろよ」

「本当だ。眼が痛くなってきた」

「ははあ。あなた涙が出るか。スープの方も、これまたなかなかほんとにほんとによく効いたな」主人は丼鉢の中を指した。「これ食べる。もっと効くね」

「そうですか」中には蛤《はまぐり》の油いためが入っていた。「薬科大学を出ておられるとは存じませんでした。この蛤もきっと、ただの蛤ではないのでしょうね」

「それ、ただの蛤よ」と、彼は言った。「しかし油に利《き》きめがあるね。そもそも肥厚性鼻炎は公害病の一種で、鼻中隔彎曲《わんきょく》症のひとはたいていこれになるし、そもそも鼻中隔が彎曲していないの人など、あまりいないよ。あなた、鼻づまり、鼻声などに困《こま》ているのだね」

「そうです。ちょっと酒を呑んだだけで息苦しくなる」

「この油は鼻子撞抜《ビイッツウアンバア》というトカゲの皮下脂肪からとったキリアン油といって、鼻中隔の手術をしたと同じ効果あるな。その上粘膜肥厚を凝固する」

「いただきます」説明を聞いているうちに矢も楯《たて》もたまらなくなり、おれは蛤をむさぼり食った。いったんさっと油で揚げた蛤を酢に漬《つ》けてあり、美味とも珍味とも言いようのない旨さである。

「ところで料理の方はもう、それでよいか」涙をぽろぽろ流しながら食べているおれに、主人が訊ねた。

「とんでもない」おれは片手でメニューを開いた。「食う前より空腹になったぐらいですよ。もっといただきます」

「あなた他に、どこぞ悪いところあるあるか」

「あるどころの騒ぎじゃありませんよ。悪いところだらけです。ええと、肩凝り、それから、煙草《たばこ》の吸い過ぎによるのどの痛み。この辺ですな」おれはメニューを指した。

……

18　黒焙夏家雀舌（肩重軽癒《けいゆ》）

19　煽首炸奇鴨卵（咽喉《いんこう》疾患治癒）

20　漿酷烤痛魚滑（気管支喘息《ぜんそく》治癒）

21　戯草塩燻黄餅（肋膜《ろくまく》炎治癒）

22　味酒珍嘲浅蜊（肺臓清掃）

――……――

「18に19、それに22もください。煙草の脂《やに》でまっ黒けになってる筈《はず》だから」

主人は大きく頷《うなず》いた。「あなたの症状、いずれも病気いうほどのものではないのことな。そもそもあなた健康体。たからもちろん、よく効くよ。ほんとの病人、きつい薬でもあまり効かないけどね。そして呼吸器系なおす19と22、一緒に食べること、あなたこれ確実の正解よ」

出されたものはほとんど食べ終っていたのだが、この時突然、流れ続けていた洟に赤いものが混りはじめ、どっと皿の上に噴出した。

「わっ。鼻血だ」おれは叫んだ。「どうしましょう」

「心配するな。それ鼻血ではなくて血膿《ちうみ》だ。お前健康たから料理よく効いてるのだよ。この空《から》の丼で受けていなさい。わたし料理作ってくるから」主人は平然として奥へ入っていった。

丼はたちまち血膿でいっぱいになってしまった。娘の介抱を受けながらさらにスープ皿を血膿であふれさせた時、おれはぎゃっと叫んだ。「眼が見えなくなった。あいててててててて。眼が痛い。痛いよう」

奥から顔を出したらしい店主の大声がした。「もと泣け。もと泣け。涙を出す、よいのだ」

眼の痛みは鼻の奥へと抜け、おれはさらに何やらどろどろしたものを鼻から流し続けた。娘がけんめいの働きで、何度も丼や皿を、中の汚物を捨ててきてはとり換えてくれているらしい。

「お客さん。がんばれ」

「はいな。わたしがんばるよ」ふざけて見せながらもおれは身もだえ続け、さらに丼やスープ皿三、四杯分の汚物を排出した。

急に気分がよくなり、おれは眼を見ひらいてかぶりを振った。もう洟も涙も出ず、鼻の奥の僅《わず》かな痛みを除けば顔の中心部は爽快感に満ち、頭が冴《さ》えている。娘はおれの正面にすわり、気遣わしげにおれを見つめていた。まん丸の黒い瞳《ひとみ》におれが映っている。

「君がこんな美人だとは知らなかった」と、おれは彼女に言った。

「そんなに眼が悪かったの」と、彼女は言った。「あんなたくさんの悪いものが、眼の奥、眼の下、鼻の奥、鼻の横、きっといっぱい詰まっていたのよね今まで」

そうに違いないと思い、おれは大きく頷いた。「それが全部出た」

「お客さんって、いい声してたのね」娘が言う。「今まで鼻声だったけど」

「顔が小さくなって、鼻が細く尖《とが》った感じだよ」

「よかった」晴れやかに、娘が笑う。

「青娘《チンニャン》」と、奥で主人が呼んだ。

「次のお料理、できたみたいね」娘は立ちあがり、奥へ行く。

「わたし、このお料理作るとこ、見たことあるわよ」雀《すずめ》の舌だという一辺がほんの数ミリしかない無数の三角形の肉を小皿に盛った料理をおれの前に置き、娘は言った。「雀を生きたまま焼いて、まだ生きて苦しんでるその舌をちょん切るの。その時に分《ぶん》泌《ぴつ》してる唾液《だえき》が薬なんだって」

雀の舌にはどろりとした焦茶色のソースがかけてあり、これも何かの薬なのであろう。スプーンでひとすくいして口に入れると、牛のタンも及ばぬ旨さ、柔らかさであり、ソースの香料は肉桂《シナモン》であった。

何百羽分の舌であったのかはわからないが、食べるのには一分とかからない。物足りなく思っていると、すぐに娘が次の料理を持って出てきた。

「卵です」皿の上の鴨《かも》の卵はたった一個であり、半分に割ったものをフライにしてあった。「この鴨は珍らしい鴨なんですって」

「そうだろうね」皮蛋《ピータン》と同じ作り方をしているらしく、卵黄の部分がまっ黒である。旨いことはうまいのだが、やたらにのどにつっかえて、胃に落ちそうもない。「水か、茶が欲しいな」

「のどの薬だから、のどにつっかえていた方がいいんですって」

なるほどなあと思い、おれはたちまち食べてしまったその卵を、落ちつきの悪いままにのどもとと胸もとへほっておいた。

「卵、食べたか」主人が皿を持って出てきた。「のどにつっかえているか」

おれが頷くと、主人はひひひひ、と嬉《うれ》しげに笑った。

「もうすぐ、のどの横から顎《あご》の下へさして、うええええと、黒い悪いどろどろのもの、こみあげてくるよ」彼は娘に命じた。「青娘《チンニャン》。バケツ用意した方がよいな」

「はい」

「も、よかろ」店主は浅蜊《あさり》の皿を指していった。「これ、食べなさい」

貝殻《かいがら》つきの浅蜊は野菜といっしょに酒蒸しにしてあった。汁気が多いので、たちまちのどと胸のつかえがおりていく。

「さきの鴨の卵は、海にいるビロウドキンクロガモの変種で、黒海にしかいない鴨の卵だ。わたしこの鴨を奇鴨《チーヤー》と名づけたね。その卵、特殊の色素顆粒《かりゅう》含んでいて、これ、

のどに効くよ。またこの浅蜊はインドの海岸でしか採れないアカオゴリアサリという
もので、この肉に含まれている摎燼《リャオチン》という成分は、肺臓内の脂、タール、ニコチン、
その他の悪いものたちまち分解排除するの効能持《も》っているよ。してまたこの野菜は、ユ
リ科の薬草を食べやすいように改良した貝母改変というものよ」
その貝は強い苦味を持っていた。ふつうなら苦くて食えないところなのだろうが、
甘味や渋味ではなく、酸味に近い苦味だし、青野菜の味との中和で、不思議に旨く食
べることができる。からだが欲しているから当然のことなのであろう。
「ところで、炎症菌というものは悪いやつで、からだのあちこち、悪いとこめがけて
行《い》たり来たりするな」主人はお喋《しゃべ》りを続けている。「お前の鼻炎、肩凝り、みな炎症
菌の仕業《しわざ》よ。炎症出るひとたいていからだのあちこち、歯痛や肩凝りはじめとして炎
症だらけのことな。あなたもしかしたら胃炎でないか」
「あたり。慢性胃炎です。それに膝《ひざ》の関節炎だ」おれは大声でそういった。「そのこ
とも言おうと思っていた。よく効く料理がありますか」
店主はメニューを開き、指さした。「胃炎ならこれがそうだよ。しかしお客さん、
お前まだ食えるか」
「食えば食うほど空腹になる。これはどういうことでしょうね」おれはメニューの料

理をもうふたつばかり指さした。

……

32　鉄板俵疾猪鼻（胃炎治癒）
33　砂鍋忌貧杏仁（胃潰瘍《いかいよう》治癒）
34　媾犯饌巴魚翅（胃下垂治癒）
35　九龍面唇賤肉（胃癌《がん》治癒）
36　冷酔漁海驢掌（肝機能賦活《ふかつ》）
37　怪味倒転汗麺（肝炎治癒）

……


「32番。それからこの、36番もお願いします」

「ははあ。お前、酒呑《の》むのだな」

「そうなんです。肝機能が衰えてると医者に言われました」

「その医者のいうことおそらく正しいよ。ではわたし、料理作《つく》てくるよ」店主が奥へ入る。

浅蜊を食べ終り、効きめが出はじめるのを今か今かと待ち続けたがなかなかあらわれない。娘が奥から持って出てきた汚いポリバケツはすでにテーブルの下に置いてある。

「汚いバケツでごめんなさいね」と、彼女はあやまった。「おそらく、お客さんが使ったあとはもう、使いものにならないと思うの」

「それはいいんだけどね。効果がまだ、あらわれないよ」

「いくらなんでも、眼や鼻みたいに、すぐ効果が出るものではないと思うわ。だって相手は肺臓でしょう」

「うん。それはまあ、そうだが」

「青娘《チンニャン》」と、奥で主人が叫んだ。「この肉焼くの手伝え」

「はあい」

娘と入れかわりに、店主が小さな茶碗《ちゃわん》を持って出てきた。「胃炎というもの、なかなか難しい」と、彼は言った。「表層性のもの、萎縮《いしゅく》性のもの、肥厚性のもの、そのそれぞれに過酸性、低酸性、無酸性あって、そのどれも治療法が違うよ。お前のは肥厚性で過酸性だから、まず粘膜表面の肥厚した部分を剝離《はくり》する必要あるね。粘膜の制酸はそれからよ。先にこの汁飲みなさい」

「これはなんですか」

「忌螞蟻湯《チーマーイタン》。インドのタール沙漠《さばく》にしかいないイミアリという蟻《あり》の汁だ」

おれはその黒い汁をひと口飲んだ。「ひどく酸《す》っぱいけど、とろりとしていてうまいですね」

「そうか。うまい思うか。ひひひひひひ」店主は嬉しげに笑った。「わたしの診断正しかたな。肥厚性の胃炎でないひと、それ飲んだら酸っぱくて吐き出す。酸っぱいものは肝臓にも作用するから、それはもう必ず、胃と肝の両方に効いておるのだよ」主人は奥へ戻った。

腹はすぐに鳴りはじめた。と同時に、首の左右の根っこの部分に大きな塊りのようなものがゆっくりとこみあげてきた。それは次第にふくれあがりはじめた。手でさわってみると、顎の下の左右がお多福風邪のように大きく腫《は》れあがり、瘤《こぶ》ができている。さわったり押したりしない方がいいのだろうな。血のめぐりが悪くなって眼がまわりはじめ、吐きたい気分になってきた。や。気管支の方からも何かやってきたぞ。まっ黒けの、何やら機関車の如《ごと》きものだ。臭い蒸気を吐いている。さらに胃の方からも酸性のピンポン玉がいくつか這《は》いあがってきた。頭がぐらぐらする。何やらえらいことになりそうだ。顎下腺《がくかせん》から、ちゅるちゅるちゅるとチューブから押し出されるように毒の粘液が口の中へあらわれた。続いて舌下腺からも、耳下腺からもだ。気管支の方からやってきた機関車がピーと蒸気を吐き、ごうごうと音を立てて口と鼻から噴出した。だばだばだばだば、だぼだぼだぼだぼと、その黒く重い粘液はバケツの中に音を立てて落ちていった。その直後、おれは胃からきた塊りを口からがっと吐き出した。次いでがっ。がっ。がっ。がっ。がっ。がっ。

おれは恐慌《きょうこう》に襲われた。鼻と口から際限なく粘液が噴き出るため、呼吸ができないのだ。口から空気を吸いこんだものだから胃からの粘液が違う穴へと逆流し、おれはむせ返った。溺死《できし》と窒息死を掛け合わせた苦しさであり、それまではバケツの上に顔を俯《うつむ》けていたのだが、ついに椅子《いす》からおりてバケツをかかえこみ、咳《せ》きこみながらタールの如き粘液を吐き出し続け、次いでのどを搔《か》きむしりながら仰《あお》向けにひっくり返り、床の上をのたうちまわっていると、がらり戸が開いて中年女性ばかりの三人づれが入ってきた。彼女たちは眼を丸くして立ちすくみ、しばらくおれの苦しむさまを眺《なが》めていた。

「あのう」と、やがてひとりがおそるおそるおれに訊《たず》ねた。「あなた、ここの料理を食べてそんなことになったの」

はじめての客のようだ。口がきけないので、おれはやっとのこと、二、三度頷いた。

「行きましょう」

顫《ふる》えあがり、三人は出て行った。

いかん。このままでは死んでしまう。最後の息が肺から出ようという時、これが声の出しおさめとばかりにおれは絶叫した。「ニャンニャン」

「青娘《チンニャン》です」娘が奥からあらわれた。「わあ大変」

死ぬ前段階のどこいら辺をおれがさまよっているか、ひと眼でわかったらしい。彼女はおれの上半身を起し、背後からおれの背中を握りこぶしで力まかせに叩《たた》くと同時に、膝でおれの腰骨の上をいやというほど蹴《け》りあげた。

「ぐわっ」

驚くべき大きさの、タールの塊りの如きまっ黒けのものがおれの口から吐き出され、バケツの中でごろりと転がった。それだけで、バケツの中はほとんどいっぱいになってしまった。

のどもと過ぎれば苦しさは去り、おれはたちまち生気をとり戻した。「悪いものが全部出ちまった」

「そうのようね」娘はバケツを持ちあげ、中をのぞきこんだ。「悪い粘液、壊死《えし》した粘膜、悪い内分泌液、死んだ肺胞、悪い血、ニコチン、タール、悪い未消化のもの、全部出たみたい。このバケツ、このまま捨てるしかないわ。洗剤で洗っても駄目《だめ》みたい」

「バケツ代、払うよ」

「いいのよ。どうせ古いバケツだったの」娘はバケツを持って奥へ入った。

「死ぬほどの目にあったらしいから、あなたもう食うのいやか」両手に皿を持ち、店主が出てきた。

「食う。いや。食べます」と、おれは叫んだ。「食えば食うほどからだがよくなり空腹になる。まるで天国です。死ぬほどの目と言ったところで本当に死ぬわけじゃない。少しぐらいの苦しみがなんですか」

「これはランドレースという品種の豚の鼻で、改良された品種ではなく、デンマークの在来種だ」店主が説明をはじめた。「知っての通り豚の鼻には表面全体に分泌腺が拡《ひろ》がっていていつも湿っているが、分泌液が異常に多く出る豚の病気がある。これはその病気のランドレース豚の鼻を切り落し、俵に詰めて八九、七十二日間、日蔭《ひかげ》の地面に埋めたものを鉄板焼きにした。下丹会、香莫などが含まれていて、胃の粘膜の酸の分泌を押さえる効能あるな。珍味だよ。また、これこそは珍味中の珍味、ついこのあいだ絶滅したといわれていた竹島だけに棲《す》むニホンアシカの前肢《まえあし》。なあに中国では絶滅寸前にこっそり何頭か保護して、繁殖させているよ。アシカは何日絶食しても、石ころ呑んだりして割合平気でいるが、これはわざと絶食させて石ころたくさん呑ませたアシカの掌《て》で、デヒドロコール酸、録馬皮、メチオニンなどいっぱい含んでいるから、胆汁分泌、代謝、解毒《げどく》などの肝機能正常にするよ。このふたつ、今日のメイン・ディッシュになるのでないかな」

なるほどどちらの皿にも相当の量の肉が盛られている。しかし、おれは断言した。

「いや。もっと食えます」

「そうか。まだ食えるか」店主は大笑いした。「そういえばまだ、膝の関節炎とか言っていたな」

豚の鼻を夢中でむさぼり食いながら、おれは頷《うなず》いた。豚の鼻は旨《うま》かった。酢と辣油《ラーユ》を混ぜたものにたっぷり浸して食うと、肉の奥の方からとろりとした脂肪の美味がにじみ出てきてゆっくり口の中に拡がっていく。

「膝関節炎だと、これになるよ」店主はメニューの、最後に近い部分を指した。

……

91　干焼潮州脾肉　（痔《じ》瘻《ろう》治《ち》癒《ゆ》）
92　非面骨罪根（横根等淋《りん》巴《ぱ》腺《せん》炎治癒）

93　金華片蜜龍蝦（大腿《だいたい》部筋肉痛除去）
94　熱辣怪湯鍋巴（膝《しつ》関節炎治癒）
95　卑泥酔泡斑魚（膝神経痛除去）
96　全焼家屋財巻（アキレス腱《けん》強化）
……


「94番ですね。これはどんな料理ですか」

「鍋巴《クオパ》というのはおこげだ。おこげに熱くて辛いスープ、ぶっかけて食うね」

「ははあ飯ですか。仕上げにはもってこいですな。ただぼくは、そこへ行くまでに、腹の皮下脂肪をとる料理も食べたいんですが」

「いや。あなた腹の皮下脂肪とる非常によくないね」店主ははじめて、おれの注文を拒否した。「あなたの腹、それほど出ていないよ。それ以上皮下脂肪とると寒くなる。あなた、多少みっともないのと、風邪ひきやすいのと、どっちがよいか。最近の男、腹出るのばかり気にして貫禄《かんろく》ないね。中年過ぎてちょとくらい腹出ていないと短命よ。それにあなた、すでにだいぶ腹へこんできたし、ますますへこむよ」

「本当だ」自分の腹を見ておれは喜んだ。へこんでいることは、ベルトがゆるくなっているることからもあきらかだ。

「では94番の料理、わたし作ってくるよ」店主はまた奥へ引っこんだ。

アシカの前肢の方は骨や爪《つめ》などをとり除いてあり、こまかく刻んだ肉にシェリー酒のような酒で作ったソースをかけて冷やしてあった。なるほど主人の自慢通りの珍味で、肉は固いが嚙《か》みしめているとその彼方《かなた》から別の種類の、薬酒のような香りのする酒が夢のように前景へとにじみ出してくるようだった。メニューの字面《じづら》から判断するに、空腹のアシカを酔っぱらわせて殺したのではあるまいか。手に持っている象牙《ぞうげ》の箸《はし》の先端がこまかくふるえ出すほどの旨さであった、といえばその旨さ、少しはわかってもらえるだろう。

ほとんど食べ終り、さすがに胃が満足しはじめたころ、腸がごろごろ鳴りはじめた。からだ中が熱くなり、顔が火照《ほて》ってきた。室温をあげた様子はないから体温が上昇しているに違いない。

突然、雷鳴の轟《とどろ》きの如きものが胃で鳴り響いた。ごろごろごろと肉塊が下方へ落ちて行った気配があり、あれっと思う間もなく、もはや空腹になっている。ひやあ。一瞬にして胃が空っぽになっちまったぞ。これはどういうことだ。肉をふた皿も食べたというのに、こんなことがあってよいものか。

あきれていると、娘が丼鉢《どんぶりばち》を持って出てきた。「おこげです」

香ばしい匂《にお》いが立ちのぼっている。鉢をのぞきこむと、鍋《なべ》からひっくり返して入れたものらしく、巨大な饅頭《まんじゆう》の如きおこげが綺麗《きれい》なこんがりとしたうす茶色をして盛りあがっている。スープはすでにかけてあって、饅頭の周囲で湯気を立てていた。真赤であり、いかにも辛そうだ。ぐび、と、おれはのどを鳴らし、すぐさま竹製の大きなスプーンをとりあげた。

からっぽになった皿ふたつを重ね、娘は奥に戻った。

おこげの饅頭を端からスプーンでつき崩し、ひと口食べると口の中に懐《なつ》かしさと辛さと歓喜が拡がった。飯はいつ食べてもうまいものだが、そこへさしておこげと辛いスープときたのではまさに至福の味だ。ノスタルジアに包まれ、熱くて辛いスープでまっ赤になったおこげの飯をはあはあいいながら平らげるうち、発汗がますますひどくなってきた。顔中に汗がつたい、下着はびしょびしょである。

「ほう。汗をかきはじめたか。いひひひ」店主がうす気味悪く笑いながら出てきた。

「慢性膝関節炎は炎症の中でも性質《たち》のよい方でな。治療しやすいよ。この米は中国の光籼の変種だが、焦《こ》がすと米の成分であるアルギニンが呑侃令というものに変化し、膝関節の実質細胞の、混濁腫脹《しゆちよう》したもの、脂肪変性したもの、死生したもの、壊死したもの、すべてたちまちにして除去してしまうよ。さらにそのスープの辛い赤いものは結砂という薬草の種子の粉末で、そうした老廃物を汗腺《かんせん》やら皮脂腺やら尿道やら直腸やら静脈やら、その他ホルモンと一緒に淋巴管へ運んだりもして、急速に体外へ排出するよ」

主人の説明を聞いているうち、次第に下腹部が突っぱってきた。尿意、便意、陰茎の勃起《ぼっき》などがいっせいに起り、なんだか主人の話を聞くことによって料理の効果が倍加されているようにも思える。

ついに我慢できなくなり、おれは主人に言った。「あのう、食事の途中で行儀が悪いのですが、はばかりをお借りできるでしょうか」

「ああ。便所か」主人はにやりとした。「ついにお前、我慢できなくなったのだな」

「我慢できなくなりました」おれは身もだえしながら言った。

「もっと我慢した方がよいのだが、着ているもの汚す、非常にまずいからな」主人は店内の隅のドアを指さした。「便所、あそこだ。すぐ行け」

「すぐ行きます」

漏《も》らさぬように中腰で立ちあがり、屁《へ》っぴり腰のままおれは便所に近づき、ドアをあけた。中にあるのは洋式便器ひとつで、そこは小さいが清潔であり、薄いブルーのタイル貼《ば》りだった。おれは今にも発射するのではないかとびくびくしながらおそるおそる、そっとズボンをずりおろし、便器に腰かけた。精神の緊張がゆるんだ途端、猛烈な勢いで小便が射出され、それは便器の外に向かって放出された。あきらかにペニスの怒張のせいであった。続いて大便が爆発音とともに噴出し、その噴射の勢いでおれは前にのめって便器からころげ落ち、ドアの裏側で頭を強打した。眼がくらみ、少しの間意識が遠ざかった。その間にも大小便は便所の床といわずズボンの中といわず、間断なくあたり一面に出続けている。これはもういかに努力しようと、どうにもとまらないと自分でも見極めをつけ、おれは助けを求めることにした。しかし下半身丸出しの上、性器は屹立《きつりつ》したままであり、本来ならば思春期の娘などに助けを求めてはならぬ筈《はず》だったのだ。とはいうものの、あの偉大なる主人を便所へ呼びつけるなどはいくら何でもおそれ多い。もはや娘の親切に甘えるしかなく、おれは絶叫した。

「ニャンニャン」

「青娘《チンニャン》だというのに。もう」娘がドアを開けた。「わあ。大変」

「お客、どうかしたか」店主までやってきた。

「ははあ。貧血を起しとるようだ。まず、便器にすわらせる。青娘《チンニャン》。お前そっちを持て」

ふたりは汚いのも平気でおれを両側から助け起し、便器にすわらせた。頭を下げろ、と主人が言うので、おれは股《また》の間へ頭を下げた。その間にもおれは人便をどすどすどすどすどすどすと際限なく排出し続け、時おり娘が水で流すにかかわらず、それはすぐ便器いっぱいに盛りあがり、おれはそのため、しばしば腰を浮かさなければならなかった。

「ズボン、洗わなきゃあ」大量の排泄《はいせつ》と恥かしさで抜け殻のようになってしまい、詫《わ》びることも忘れて茫然《ぼうぜん》自失状態のおれから、強烈な臭気をものともせずに娘はズボンを脱がせた。

「ズボンだけでは駄目だ」と、店主は言った。「どえらいのこと汗を掻いておるよ。全身拭《ふ》かねば風邪をひく。こっちへ来てもらいなさい」

調理場を通り抜け、そのさらに奥にある洗い場へ、店主と娘はおれを案内した。洗《せん》濯《たく》機と乾燥機の間にあるコンクリートの洗い槽《おけ》の前でおれは丸裸にされてしまった。

「見なさい。お前のからだ、悪い黒い汗でいっぱいよ」と、主人が言った。「シャツまで黒い。下着全部洗ってあげなさい」

「すみません」蚊の鳴くような声で、おれは詫びた。

娘がおれの下着類を洗濯機に投げこみ、ズボンの汚れを洗いはじめた。おれは借りたタオルで全身を拭いた。からだ中からいやな臭《にお》いが発散していて、水だけではとてもその臭気を拭《ぬぐ》い去ることができなかった。ついにおれは、石鹼《せっけん》を借りることにした。主人は調理場から、鍋一杯の湯を持ってきてくれた。

からだを洗い続けているおれを興味深げにじっと観察する店主の視線に気づき、おれはまた顔を赤くした。性器が猛《たけ》り立ったままなのだ。

「それ、痛くないか」と、主人はおれの陰茎をまともに指さして訊ねた。疼痛《とうつう》があり、そのための怒張であったのだ。おれは黙って頷いた。

「悪いものがホルモンと一緒に排出されようとしておるのだ」主人はそう言った。「そのままにしておくのはからだのために非常によくないな。出してしまいなさい」

おれは青娘《チンニャン》を気にし、あわててかぶりを振った。「まさか。もう若いとはいえないとの歳《とし》になって、そんなあなた、オナニーなんて馬鹿《ばか》ばかしくて。ははは。はははは。は」

「そうか。できないか。そうだろうな」主人は大きく頷いてから、青娘《チンニャン》を指さした。「ではお前、この娘としなさい」

「わ」おれはのけぞった。「そこまで甘えることはできません。だいいちお孫さんが可哀相《かわいそう》です。だってまだ、二十歳《はたち》前でしょうが。このひとの爺爺《イエイエ》ともあろうかたが、なんてことおっしゃるのですか」

「お前のいうこと非科学的よ。それに頭も極めて古いな。人間、男女の性行為十二、三歳から可能よ。日本人の社会的未成熟、未成年者の性行為禁じるからだよ。ライヒ言う偉い心理学者の学説がある。人間十二、三歳から男女の性行為自由にやらせる。これ健康にも精神にもよい。社会も安定するよ。遠慮せず誰とでもやること本当に本当によいのことだよ。青娘《チンニャン》も喜ぶよ。それともお前、この娘嫌《きら》いか」

「とんでもない」おれは青娘《チンニャン》を横眼で見ながら言った。「むしろそのう、青娘《チンニャン》が厭《いや》がるにきまっていますよ」

「なに。この娘ならお前好きだよ」爺爺《イエイエ》は独断的に言った。「好きでなくてこれだけ面倒やら世話、見ることできないね。とにかくわたしたちにとっていちばん大事なこと、お客の健康だよ」

その気なのかどうか確かめようとして青娘《チンニャン》に向きなおると、彼女は平然としていた。

「わたしならいいわよ」

「あの。しかしですね。そうですか」おれだけがうろたえ続けた。「しかしまあ、こんなことになるとはその。ひひ。いや。だけどやっぱりその。あっ。ちょっとやっぱり」ことばとは裏腹に、おれの生殖器官はますます屹立しはじめている。

店主は大笑いした。「さあ。二階行け。二階行け。うわはははははは」

「行きましょう」青娘《チンニャン》が先に、すぐ横にある二階への階段をあがりはじめた。

「そうですか。それではあの。どうも」丸裸のおれが彼女に続く。「いやもう、すまんことです。悪いなあ」

あがってすぐが青娘《チンニャン》の部屋だった。その奥、道路に面している店の階上にあたる部分が店主の部屋らしい。青娘《チンニャン》の部屋は十八、九の娘らしく小綺麗にしてあり、マノン・レスコオのフランス人形を上に飾った本棚には和漢洋の料理の本がぎっしりだった。隅《すみ》のベッドの横で、青娘《チンニャン》はまず下に穿《は》いている黒い褲子《クウツ》を脱ぎ、次いで短かめの上着、赤地に銀糸の縫いとりのある中国服を脱いだ。

絹のまっ白な肌着《はだぎ》を見て、ぐび、とのどを鳴らし、おれは言った。「すまないね。変なことさせて」

「変なことなんかじゃないわ」彼女は肌着を脱ぎはじめた。

「おれ、まだ臭いだろ」

「もうちっとも臭くないわよ。石鹼のいい匂いしてる」

「そうかい」と、言いながらおれは、ますます膨張して天を向いたペニスを握り、おどおどしながら彼女に近づいた。

青娘《チンニャン》はすでにベッドに横たわっている。はてさて、この小柄《こがら》で華奢《きゃしゃ》な少女の中へこのように大がかりなものをぶちこんで大事はないのだろうか。そう思って心配ではあったのだが、今となっては欲情が先に立ってとても中断できなくなっている。おれは彼女の隣りに身を横たえ、まず彼女のうすい陰毛にそっと手をのばした。

あまり長びかせてはいけないという、陛下の爷爷《イエイエ》への遠慮もあり、おれはたったの五分で彼女の膣内《ちつない》へ大量の白い毒液を発射したのだったが、それでも意地汚く楽しめるだけは楽しんだようだ。今度は二階にある家族用のバス・ルームを使わせて貰《もら》い、丹念に洗滌《せんじょう》を続ける青娘《チンニャン》をあとに残しておれは階下へおりた。アイロン台の上に、乾いたおれの衣類が置いてあった。

服を着て調理場へ行き、おれは店主にくどくどと礼だの詫びだのを並べ立てた。店主がろくにおれのことばを聞いていず、いそがしそうにしているので、新たな客が来たらしいと悟り、おれは店に戻った。客は若いアベックだった。もしこのふたりがおれと同じような体験をするとなればいかなる騒ぎになることかと思い、見て行きたくもあったが、あまりのんびりはしていられない。おれはあくまで客なのだ。

テーブルにはまだ食べかけの鍋巴《クオパ》が半分残っていた。空腹があいかわらずなので、冷えてはいたがおれはそれを食べようとした。だが、ひと口食べて思わず吐き出してしまった。とても食えたものではなかったのだ。すでに健康体となってしまったからだが受けつけなくなっているらしい。現金なものである。

青娘《チンニャン》が服を着換えて出てきた。今度は青い中国服だ。眼もとを赤く染めておれに頷《うなず》きかける彼女の美しさに、おれはうっとりとした。

「お勘定、しますか」と、彼女はおれに訊《たず》ねた。

空腹を満たそうとする店ではないのだ。おれは言った。「お願いします」

青娘《チンニャン》の持ってきた勘定書きは次のようなものであった。

御勘定書

9.	睹揚辣切鮑肝	￥1,800
11.	鼻突抜爆冬蛤	￥1,800
12.	焦鮮顎薊辛湯	￥1,800
18.	黒焙夏家雀舌	￥3,500
19.	煽首炸奇鴨卵	￥1,800
22.	味酒珍嘲浅蝌	￥1,800
32.	鉄板俵疾猪鼻	￥1,800
36.	冷酔漁海驢掌	￥3,500
94.	熱辣怪湯鍋巴	￥1,800
	合計	￥19,600

雀《すずめ》の舌とアシカの前肢《まえあし》だけは、さすがに手間がかかったり貴重品であったりするため三千五百円と高価だが、あとはすべて千八百円、普通の中国料理ひと皿の値段である。

「ほんとに、これだけでいいのかい」

うしろの席の客に聞こえぬよう、そっと青娘《チンニャン》にささやくと、彼女はにっこりして頷いた。

「ええ。いいのよ」

洗濯代や特殊サーヴィス料などのことをあまりくどく言うと、また店主から叱《しか》られるにきまっていた。お釣《つ》りはいらない、と言っておれは二万円渡し、まるで今生まれてきたばかりのような爽快《そうかい》な気分で「薬菜飯店」を出た。入る時以上に空腹になって飯店を出たのははじめてだ。さて、これから何を食べに行こうかな、と、おれは考えた。

以後、おれは健康である。どこも悪いところはない。どこかが悪くならない限りあの店へ行ってはならぬという抑制がはたらき、青娘《チンニャン》にひと目逢《あ》いたいのも我慢して、ともすればあの店の方角に足を向けそうになる自分をおれは今でも戒め続けているのである。

（「小説新潮」昭和六十二年二月号）

法子《ほっす》と雲界

第一話　八忽《はっこつ》と十忽《じっこつ》

法子《ほっす》の庵《いおり》は寿草林《じゅそうりん》と呼ばれる林の中にあった。その林に彼は今、戻ってきた。近くの村に、夢から眼醒《めざ》めぬ男がいて、法子は相談を受け、ひとりで出かけてきたのであった。

せっかく夢を見ているものならば、餓死などの心配がない限り夢見続けさせてやった方がよいと法子は常から弟子たちに説いてきたのであったが、その男が見ているのはどうやらたいへんな悪夢のようであったため、紫蘇《しそ》と芍薬《しゃくやく》を混ぜあわせた粉薬《こなぐすり》をあたえ、男を現実《うつつ》につれ戻してやったのである。

林の中の落葉を踏み、今、法子は庵の近くまで帰ってきた。庵には内弟子の八忽と十忽が留守居に残っていたのだが、突然その二人の激しく言い争う声が聞こえてきたので法子は立ちどまり、不審げに首を傾《かし》げた。

「はて。何を争うのか。争うことなど何もない筈《はず》なのに」

八忽、十忽はそれぞれ近くの村の豪農の倅《せがれ》であったが、博奕《ばくち》にうつつを抜かして家や田畠《たはた》を失い、その後博奕打ちとなって多くの修羅場《しゅらば》を経《へ》巡《めぐ》った末、ついに無常《むじょう》を感じ、法子に弟子入りしたのである。

法子はそれまで内弟子を置かなかった。八忽、十忽を内弟子にしたのは、彼らのような体験をしてきた者こそ自分の内弟子に相応《ふさわ》しいと考えたからであったろう。のち、もうひとりの内弟子となった雲界《うんかい》の著述によれば、法子は自分自身を啓発してくれる者のみを内弟子に置いたようである。

林の中で八忽と十忽は睨《にら》みあい、時おり唸《うな》るような声で交互に叫んでいた。

「君子《くんし》は怒り狂う」

「君子逆上す」

さすがにもう博奕打ちではないという自覚からであろう、罵《ののし》りあいのことばからも下品さは失われている。だが、ついにことばまで失ったか、二人はからだごとぶつかりあい、激しく戦いはじめた。

「君子張り倒す」

「君子ぶん殴る」

「君子蹴《け》り倒す」

「君子、痛いいたい痛い」

「何ごとだなにごとだ」法子は弟子たちの前に姿をあらわし、きびしく叱責《しっせき》した。

「やめい。やめんか」

「これは先生」

平伏した二人を見おろし、法子はやや興味深げに問いただした。「なんの争いじゃ」

「はい」八忽は言い難《にく》そうに身じろぎしてから十忽に顎《あご》を向けた。「この男がいんちきをしやが。いえ。したのでございます」

十忽も言い返す。「いいえ。いんちきをしやが。いえ。したのはこの男の方でございます」

「このような生活をしていながら、いんちきをしたりされたりして、何の損得もない筈」つくづく不思議そうに法子はふたりを眺《なが》めまわした。「いったい、なんのいんちきをしたというのじゃ」

「はい。それがそのう」八忽が辛《つら》そうに身をよじった。

十忽は思い切ったように、はっと平伏して叫ぶ。「申しわけございません。博奕でございます」

「博奕をしたのか」法子は眼がくらんだ様子で少しよろめいた。「その金をどうした。

どうやって得た金かは知らぬが、どうせたいした金ではあるまい。ほんの少しの金が手に入ると、もう博奕をする。いったい、なんのための弟子入りじゃ」なさけなさに、法子は涙を流した。

「先生。先生」ふたりは法子の足もとに這《は》い寄り、何度も地面に額をこすりつけた。「お許しください。どうぞ破門にだけはしないでください。金を賭《か》けて博奕をしたのではないのです」

「なに」法子は驚いて、また二人を見つめる。「金でないとすると、何のやりとりをしておったのじゃ」

「はい。木の葉でございます。木の葉を金に見立てて」

なるほど二人が指さした切り株の上には、数十枚の木の葉が散らばっている。感に堪《た》えぬように、ながい間法子はその木の葉に見入っていた。やがて彼は丁重にふたりの弟子の手をとって立たせ、自らが彼らの前に平伏する。

驚くふたり。「先生。何をなさいます」

法子は言った。「虚構の賭けにかくも魂をうちこみ、ついには争うなど、とてもわたしなどには出来ぬことでございます。あなたがたこそわたしの師でございます。そのような虚構への集中力がいかにして可能かを、その高度な精神力がいかにして可能かを、わたしこそ、あなたがたに学ばねばならなかったのでございます」

第二話　雲界の弟子入り

その日、法子《ほつす》が庵《いおり》で稽子《けいし》の「鋳気論《ちうきろん》」を読んでいると、不意に屋外の林が騒がしくなり、しばらくして八忽《はつこつ》が入ってきた。

「先生。ただいま雲界が外へ、泣きわめきながらやってまいりまして、何やらわけのわからぬことを申しております。なんでも、先生に助けていただきたいことがあるとかで」

「ほう。雲界か」法子は立ちあがる。「とにかく話を聞いてやろう」

雲界は魚屋であり、法子の外弟子のひとりだった。講義がある日はいつも早くからやってきていちばん前の席を占め、熱心に聴く真面目《まじめ》な男である。内弟子になりたいという望みを洩《も》らしたことが一度あったが、きちんとした家業を持っていることを理由に退《しりぞ》けたのであった。

法子が枝折戸《しおりど》をあけて外へ出ると、林の中の落葉の上へ倒れ伏した雲界が、駄々《だだ》っ子《こ》のように手足を地面に打ちつけ、泣き叫んでいた。その左右に立ち、八忽と十忽《じつこつ》が憮然《ぶぜん》としている。

「どうしたのじゃ。雲界」

法子の声に顔をあげた雲界は、蛇《へび》のように地をのたくって師の足もとに這《は》い寄り、さらに激しく泣きはじめた。

「こら」と、十忽が怒鳴りつける。「泣いていてはわからんではないか」

「これこれ」法子は十忽をたしなめた。「素炭《そたん》の倒潰《とうかい》も待つに如《し》かずと、昨夜教えたばかりだぞ」

しばらく待つうち、雲界はやっと顔をあげた。「先生。先生。お助けください。わたくしはこれから、どうすればよいのでございましょう」

「何があったのかね。何かつらいことがあったようじゃな」

「わたくしの女が、虎《とら》に喰《く》われてしまいました」

「虎。あの、虎とな」さすがに驚いて法子は絶句する。

「このあたりにゃ、虎はいねえ」と、八忽が言った。「昔はいたらしいが、それはもう二百年も前の話だ」

「いいえ。わたくしの女が虎に喰われたと申しましたのは、夢の中でのことでございます」

「夢だと」十忽が怒って大声をはりあげた。「先生を馬鹿《ばか》にするか」

「ま、ま、怒るな」法子は十忽を制し、雲界を宥《なだ》めた。「それはきっと、まことに怖い夢であったのだろう。そして現実にも劣らぬほどの、なまなましい夢であったのだろうな。その衝撃のため、お前は泣いておるのだ。そうであろう」

「はい先生。その通りでございます」法子のやさしいことばに、雲界は泣きじゃくりながらも大きく頷《うなず》いた。

「しかしな雲界」と、法子は言葉を続ける。「時には現実以上になまなましく感じる夢も、実現性のなさによって本来のなまなましさを失い、意味が違《ちご》うてくる。その証拠に、虎に喰われた筈《はず》のお前の女は、現実にまだ生きておる筈だよ」

「いいえ。いいえ先生」雲界はかぶりを振った。「わたしの女と申しますのは、現実の女ではなく、わたしの夢の中にしか出てこない女なのでございます」

あまりのことに八忽と十忽がげらげら笑いはじめた。「なんだ。夢の女か」

だが法子は笑わなかった。彼は考えこみ、やがて外弟子に問いただしはじめる。

「その女は、お前の夢の中に、常に出てくる女であったのか」

「はい。夜ごと会っている女でございました」

「その女に今夜から会えなくなる。お前はそれを悲しんでおるのか」

「左様でございます」

まだ笑い続ける八忽と十忽を、法子は叱《しか》りつけた。「笑ってはならぬ。ひとが毎夜夢で会う女は、もはや虚構の女ではなく、その者の分身なのだ。この雲界はその女と会うことによって彼女から自分の生きかたを教わっていた。それが昨夜失われたのだ。この男が、これからどう生きてよいかわからなくなったのは、そのためじゃ。夢の女が死んだ意味を、そなたたちにはわかるまいが、この雲界はちゃんと悟っておったのじゃ」

「ははあ」師のことばに恐縮し、ふたりの内弟子は平伏した。

「雲界」と、法子は言った。「そなたの今までの生活は失われた。夢の女性がそれをそなたに教えてくれたのじゃ。そなたは魚屋稼業《かぎょう》を今日限りやめ、これよりわたしの内弟子となって修行に励むがよい」

「あのう、先生」八忽がおそるおそる言う。「この男を内弟子になさいますと、これからはもう、うまい魚を寄進してくれる者がいなくなります」

法子は大笑いした。「不悉《ふしつ》の産《さん》も汗魚《かんぎょ》に勝《まさ》る。これはまことに得難い男。たとえあとから内弟子になったとはいえ、この雲界はこれからお前たちの兄弟子じゃ。敬《うやま》うがよいぞ」

第三話　夢《む》恨《こん》

夢を説き、虚構の想像力を語る法子《ほっす》を、危険思想家と看做《みな》す者は多かった。また、ただ単に、夢のことばかり話す者として法子を馬鹿《ばか》にする者もいた。

寿草林に近い村に、倨托《きょたく》という豪農がいた。この男は独学で古典に親しみ、物識《ものし》りを認じていたため、村びとから尊敬されている法子を眼の敵《かたき》にしていた。その教説を嘲笑《ちょうしょう》し、夢などは何の役にも立たぬと主張した。

「くだらん夢にこだわるからこそ、ますますくだらん夢を見るようになる。事実あの男はそのくだらん夢からなんの利益も得ておらぬではないか。このわしを見なさい。夢などは一度も見たことがない。ひたすら働き、ぐっすりと眠るため、夢などは見んのじゃ。眼醒《めざ》めによって夢を忘れるのではなく、本当に見んのじゃ。そのおかげでこのように現世の富を得た。お前たち、つまらぬ夢になど執着しておると、ますますつまらぬ人間になっていくぞ」

そんなことを主張し続けるうち、倨托は、たまに見ていた夢さえまったく見なくなってしまった。

ある日、法子が庵《いおり》で瓢子《ひょうし》の「乱語《らんご》」を読んでいると、雲界がやって来て報告した。

「あのう、先生。ただいま外へ、倨托がやってまいりました」

法子は少し驚いて問いただした。「なに。倨托というと、あの倨托か。あの男、わしのことを嫌っておった筈《はず》だが、何用あって来たのじゃ」

「いささか重い病気のように見えます。本人が泣きながら言うところによりますと、他の医者すべてから見はなされたとのこと。ここ四、五カ月、病いが重くなるばかりで、家族までが伝染を恐れて逃げ出し、今は食うものにも困窮しておるとのことでございます」

「それは気の毒」法子は立ちあがる。「どれ。診《み》てやろう」

法子が枝折戸《しおりど》をあけて外へ出ると、内弟子三人に囲まれて、林の中の落葉の上に倨托が倒れ、呻《うめ》いている。

「倨托さん。どうなされたのじゃ」

その声で倨托は顔をあげた。「おお、先生。お助けください」

「ぬ」倨托を見て、さすがに法子が一歩退いた。

倨托の左右の耳の下から顎《あご》の下にかけ、それぞれ径四寸もある巨大な瘤《こぶ》ができているのだった。その両顎のふたつの瘤は、皮膚が透《す》けるほどに脹《は》れあがり、さらにその皮膚を透《とお》して、その正体がどうやらまっ黒の塊りであることがわかるといったていの、まことに奇妙なものである。

その瘤の上に手を触れて堅さを確かめていた法子は、倨托に問うた。「これはいつから出来はじめたのじゃ」

倨托は苦痛に涙を流しながら、か細い声で答えた。「先生。お許しください。先生のお説を馬鹿にし、わしは夢など一度も見たことがないと豪語しはじめた時からでございます。実はそれまで、たまに夢を見ていたのでございますが、それ以来本当に見なくなってしまいました。この脹れものは、その報いに相違ございません」

「お前たち、よく見ておきなさい」法子はその黒い塊りを三人の弟子に見せて言った。「これは夢恨《むこん》というものじゃ。夜寝ている時に出現するのを妨げられた夢の恨みが凝縮して、このような黒い塊りとなった。浅い眠りが夢を齎《もたら》すのではない。深い眠りが夢を齎す。この倨托はひたすら現世の利益に執着して浅き眠りのみをむさぼり続け、夢によってのみ得られる深い洞察《どうさつ》力をないがしろにした。人にあたえられたせっかくの力を使わなかったため、こういうことになったのじゃ」

三人の弟子は感に堪《た》えぬ表情で、ほっと吐息を洩《も》らす。

「先生」と、雲界が訊《たず》ねた。「して、それを治癒《ちゆ》する方法はないのでございますか」

「なに、簡単に治る。しかし夢を見なければ、またすぐに出来るぞ」

「心を入れかえます」と、倨托は泣きながら言った。「もう夢をないがしろにはいたしません。これがあと少しでも大きくなりますと、もはや呼吸ができませんので、なんとかお助けを」

法子は、紫蘇《しそ》と桂皮《けいひ》を混ぜあわせた粉薬を倨托にあたえた。やがて倨托はぐええ、ぐええと苦しげに嘔吐《えず》きながら、真っ黒の粘液を少しずつ吐きはじめた。吐くにつれて瘤は次第に小さくなった。倨托は半日以上吐き続け、彼が桶《おけ》の中に吐き出した黒い粘液は二升五合にも達した。弟子たちは夢の恨みがそれほどまでに堅く凝縮されていたことを知って慄然《りつぜん》とした。

第四話　合奏曲

寿草林の近くの村に、俗楽の楽人たちがやってきたので、一夜、法子《ほっす》は三人の弟子と共にその演奏を聴きに出かけた。演奏された曲は当時都で流行していた長い合奏曲であった。大勢集った村びとたちに混り、法子たちは滅多に聴くことのできぬ、三弦、胡弓《こきゅう》、笛、琵琶《びわ》、洞簫《どうしょう》、木琴などによる大がかりな合奏を聴いた。

その妙《たえ》なる音色は聴く者すべてをうっとりとさせ、いつの間にか時が経《た》ち、夜が更《ふ》けていくのを村人たちに忘れさせていた。

曲が終りに近づいた頃、それまでじっと曲に耳を傾けていた法子が、たまりかねたように嗚咽《おえつ》を洩《も》らした。

隣席の雲界が驚いて師に訊《たず》ねた。「先生。どうなさいました」

「あまりの悲しさに泣いてしまった。いや。わたしともあろうものが、恥かしい」法子はそういって涙を拭《ぬぐ》い、雲界に訊ね返した。「お前は主人公が死んで、悲しくはないのか」

雲界は少しまごついた。「主人公。主人公と申しますと、この曲の中の主人公でございましょうか」

「当然じゃ」法子は答えた。「さっきの笛の音が、主人公の悲劇的な死を示しておったであろうが」

雲界はますます驚いた。さては、師におかれては、この合奏曲の中に物語を聞いておられたのであったか。「わたしにはこの曲から、師が聞かれたような物語を、まったく感じ取ることができませんでした。それに、そもそもこの曲は物語などない俗楽であり、劇曲ではないと思っておりましたので」

法子は不審げに雲界を見つめた。「この曲から聴き取れる物語は、ただひとつしかないであろうが。お前にはそれがわからなかったのか」

雲界は恥じ入った。「はい。まったくわたくしは、未熟者でございます」

それから二、三日、雲界は師があの曲から聴かれたのはいったいどのような物語であったのかを知りたく思うあまり、読書していても身が入らなかった。ついに彼は、あらためて師に訊ねた。

「先生。あの夜先生が、合奏曲から感じられた物語というのは、どのようなものでございましたか。どうも気がかりでなりません。お教えいただけないでしょうか」

法子は溜息《ためいき》をついた。「あの曲の長さだけの、長い長い物語じゃ。それは悲しい物語でのう」法子はうっとりとして宙に眼を向けた。「どのような物語作者にも書けぬような、すばらしい物語であったぞ」

「では先生」雲界は思わず身をのり出して言った。「ひとことでおっしゃれぬような、複雑で長い物語であれば、ぜひ、先生がそれをお書きになってください」

法子は眼を丸くして雲界を見た。それから苦笑し、吐き捨てるように言ったのだった。

「馬鹿《ばか》を言いなさい。そんなものを書けば、あの曲の盗作になってしまうではないか」

第五話　法子《ほっす》の恋

法子が寿草林の庵《いおり》に戻らなくなって三日経《た》った。最初のうち雲界は、病人を診察に行った先で引き留められているのであろうと考えていたのだが、それにしてはあまりにも逗留《とうりゅう》が長いし、いつも誰かに行く先を教えてから出かけるにかかわらず、八忽《はっこつ》や十忽《じっこつ》に訊《たず》ねても何も知らぬというので、じっとしていられぬほど気がかりになってきた。

留守居を二人の弟弟子にまかせ、雲界は法子を捜しに出かけた。

「ああ。先生かね。先生は舎英《しゃえい》という娘に惚《ほ》れなさって、あの娘の家の近くをずっとうろつきまわっていなさるよ」

雲界は近くの村の百姓からそう聞かされ、吃驚仰天《びっくりぎょうてん》した。法子は五十余歳、娘っ子に惚れるような年齢ではない。

舎英の家を訪ねあてたが、その附近に法子の姿はなかった。雲界は思い切って舎英の家の戸を叩《たた》く。

出て来たのは舎英の父親と母親だった。

「あんな偉い先生が、どうして舎英なんかに惚れなさったのかねえ」母親は迷惑そうである。

「雲界さんから先生になんとか言ってくだせえ。日なかは娘につきまとい、夜はこの家の戸口で野宿なさる。娘も困っとります」父親はあきれ果てたという口調で雲界に訴えた。「とんでもねえ先生だ」

「で、今、先生は」

「はてね。昨夜まではこの辺におられたが、舎英が今朝から野良《のら》に出たので、そのあとを追いなさったのではないかな」

舎英は他の娘たち数人と茶畑で茶を摘んでいた。どこといって特徴のない田舎娘であり、むしろ他の娘たちの中にもっと可愛《かわい》いのがいる。眼が大きいだけで、痩《や》せた色黒の小柄《こがら》な娘なのだ。あたりに法子の姿はなく、舎英に訊ねても今朝から一度も姿を見ないということであった。

もしかすると年齢に不相応な恋愛で疲れ果て、寿草林に戻られたのかも知れない。雲界はそう思い、庵に引き返した。しかし師の姿はなかった。法子はその翌日になっても戻らなかった。

魂が抜けたような様子で、五日ぶりに法子は庵へ戻ってきた。ひどく沈みこんで、弟子たちが問いかけても何も答えず、部屋の壁に凭《もた》れたまま俯《うつむ》いて考えこんでいるばかりであった。大声で弟子たちを叱《しか》りつけるいつもの法子とまったく異る様子に、八忽と十忽はひどく心を痛めた。まさか師に対して不似合いな恋などせぬよう説くことはできず、どうしてよいやらわからぬではないか。

しかし雲界は、弟弟子たちよりはいささか修行を積んでいた。師の状態を観察し、ははあ、これは誰かの夢の中に棲《す》んでいるなと判断した。誰かとは、もちろん舎英であろう。現実に思いを遂げることができないため、夜ごと彼女の夢に入りこんで語りかけているうち、魂の本来の部分は彼女の夢の中に置き去りにされてしまったのだ。

それにしても、あの舎英という娘のどこが師をそれほどまでに夢中にさせたのであろうか。いったい師は、あの娘の中に、何を見たというのであろう。雲界には、自身の経験と照らしあわせて思いあたることがあった。舎英は常に師の夢にあらわれる、師の分身としての女性であったのだ。正確にはその女性そのものではないが、師が舎英の中に見たものはあきらかにそれだったのであろう。だからこそ逆に、自分が彼女の夢の中に棲もうなどという考えも湧《わ》いたに違いないのだ。

師を現実につれ戻してもよいのであろうか。雲界は古典の中に解答を見つけようとして渉猟《しょうりょう》した末、今や師の中の女は師の分身ではなく、現実の舎英そのものに堕している筈《はず》という結論に達した。師に恩返しをする時が来たようだ。

師をつれ戻すには、師の夢の中に雲界自身が入って行かねばならなかった。すでにそれくらいの修行は積んでいたため、その夜雲界は師が眠りに入ったのち、自らも眠りの中で師の夢に闖入《ちんにゅう》した。その夢はまた、舎英の夢でもある筈だ。

寿草林の落葉を踏んで舎英の住む村へといそぐ師を、雲界は追い抜いた。舎英は彼女の家の前で法子を待っていた。心ならずも法子の中の女性原質と同一視されてしまった以上、夢では法子に会わねばならぬ。しかし雲界の眼にはすでに、彼女は法子が美化している舎英ですらなくなっている。昼間彼女に会っている雲界の主観が彼女に投影されているのであろう。

好きでもないのにと思い、気が咎《とが》めたが、雲界は舎英を犯した。その光景は、少しあとからやってきた法子が確実に目撃したことであったろう。そして舎英が現実の娘に過ぎぬと知り、自己の分身が失われたことを認め、おそらくは瞬間引き裂かれるような苦痛を味わったことであったろう。しかし雲界が眼醒《めざ》めた時、彼より早く眼醒めていたらしい師の様子は、以前通りの師であった。

舎英のことについて、その後法子は雲界に何も言わなかった。そういえば、そもそも法子は男女間のことに無関心であったし、まして近くの村の小汚い田舎娘が誰に犯されようと知ったことではないのだった。

二日ののち、薬草を届けにその村の病人の家へ出かけた雲界は、途中の道で舎英に出会い、力のある田舎娘の手によって横っつらをいやというほどひっぱたかれた。

第六話　盗泉《とうせん》の渇果《かっか》

ある日法子《ほっす》は、三人の弟子を呼んでこう言った。「ここから西へ約二百里行ったところに距披林《きょひりん》という林があり、その中に盗泉という泉がある。その泉のほとりには渇果といって、ひとつ食べれば寿命が五十年延びるといわれている世にも美味な果実をつける樹木が立っておる。この渇果が結実するのは百年に一度、しかも一度にほんの数個、三つか四つしか生《な》らんのじゃ。ところが今年はその渇果結実の年にあたり、もはや数日前から実が熟しておる」

「行きましょう」気の早い十忽《じっこつ》が、あわてて立ちあがった。「他の者に食われては大変です」

「と、いうことを、実は四、五日前に夢で見た」と、法子は続ける。

「夢ですか」十忽はがっかりして腰をおろした。

「これはいったいどういう意味であろうかと思い、いろいろに解釈してみたが、解釈のしようがない。もしかすると、夢による想起かも知れぬと思い、占典を渉猟してみた。すると擬方子《ぎほうし》の『玩誌《がんし》』に、夢で知ったのとまったく同じことが書かれていた。以前に読んで忘れていたことを、夢が思い出させてくれたのじゃ」

「行きましょう」十忽が立ちあがる。

法子と三人の弟子は旅装をととのえ、寿草林をあとにした。出発して二日ののち、法子たちは近くの村の百姓たちが大勢、旅の出立《いでた》ちで西へいそぐのに追いついた。

雲界が訊《たず》ねる。「これこれ。お前たちはどこへ行くのだ」

「法子先生に、渇果の話を聞かせてもろうたので、わしら、そいつを食いに行くところですだ」

村びとのことばに雲界は驚き、師を睨《にら》みつけた。「村の者に洩《も》らされたのですか」

法子は首をすくめた。「すまなかった。実は、単なる夢であろうと思うている時、ほんの座興に話してしもうたのじゃ。この者たちはそれを本気にした。結局は真実であったわけだが」

「急ぎましょう」十忽が躍りあがって叫んだ。「かような無知な者どもに食われてしまっては、もとも子もありません」

かくて旅は法子たち四人と、村の者約八十人とが追いつ追われつの競走をするていとなった。しかし百姓どもは所詮《しょせん》法子たちにかなわなかった。村びとたちが三、四十里歩いてはひと休みして睡眠をとるのに比べ、睡眠中も夢の中で目的地へと歩き続ける法子たち四人の速度はいうまでもなく倍に近い。雲界はもとより八忽《はっこつ》も十忽も、今やその程度のことが可能なまでには修行を積んでいたのだった。

距披林は人里離れた山中にあった。盗泉は水面を深い緑に染め、その傍《かたわ》らにはまぼろしの如《ごと》く奇妙に歪《ゆが》みねじれた木が生えている。そしていちばん下の枝にひとかたまりとなって実を結んでいる真紅の果実こそ、渇果に相違なかった。

「これじゃ」と、法子は言った。「たしかにこれが渇果じゃ。しかし、あいにく三個しか結実しておらんぞ」

「師と兄弟子がひとつずつお食べください」と、八忽は言った。「わたしたちは半分ずつ、即《すなわ》ち二十五年ずつの寿命を頂戴《ちょうだい》できれば、それで充分でございます」

さっそく、ひと口食べた法子が、妙な顔をした。「おかしいな。ちっともうまくないぞ」

「水っぽくて、甘味も香りもございませんな」雲界も首を傾《かし》げる。

「ははあ」法子が弟子たちの顔を見まわした。「お前たちの中で、今が夢の中なのか現実なのか、知っている者はおらぬか。われわれは夢の中で歩き続け、眼醒《めざ》めてはまた現実を歩んだ。そのためわしには今が夢か現実かの判断を下《くだ》せぬようになった。もしこれが夢の中であれば、果実の味が現実のそれに比べて水っぽいのも当然。夢における五感はかりそめのものじゃからな」

「師のおっしゃる通り、おそらくこれは夢の中なのでございましょう」と、雲界は言った。「ならばここでひと眠りすることによって逆に現実に眼醒め、あらためてこの実を食えばよろしうございます」

「では、さっそく寝ましょう」と、十忽が言った。「眠っているうちに村びとがやってきては大変です」

四人は大いそぎで泉のほとりに横たわる。歩き続けたため、たとえ夢の中といえども疲れ切っていることにかわりはなく、四人はたちまち眠りこんだ。

「おい。起きろ。起きろ」いちばん最初に眼醒めた十忽が八忽を揺り起し、次いで雲界を眼醒めさせ、最後に法子を起す。

あらためて渇果を味わうと、それは言い伝え通り美味きわまるものであった。その高貴な香りは心を洗い、甘い液は五体のすみずみにまで浸透した。

食べ終ってから法子は心配そうに言った。「考えてみれば、そもそも夢の中で見た果実じゃ。夢の中で味わったからこそ美味であったとも考えられる」

雲界も不安げに言う。「そうです。もしそうであれば、夢の中での寿命が延びるだけ。現実にはなんの変りもないことになりますな」

十忽があわてはじめた。「それはいかん。ではもう一度眠って眼醒め、たとえまずくともあの実を食べねば」

その時、林の中で人声がし、落葉を踏んで歩み寄る大勢の足音が聞こえ、泉のほとりに村びとたちが姿をあらわした。

「安心せい。現実であったぞ」

法子が弟子に言い、四人は大声で笑う。

第七話　法子《ほっす》の修行時代

ある時、法子は弟子たちに、自分の修行時代のことを話した。

「そのころわたしは、物語の骨法を説く老師のもとへ弟子入りしたばかりだった。すでにわたしは物語造りにおいて兄弟子たちに抜きん出ていて、皆がそれを認めていたのだが、まだきちんとまとまった話を老師にお見せしたことはなかった。試験の日となり、わたしの順番がきて、わたしはそれまでの数日のうちに丹精こめて造りあげた物語の草稿を師に提出した。師はその物語の、最初の五、六枚までを読み、烈火の如《ごと》く憤《いか》ったのだ」

「無礼者。師にこのような筋道の通らぬ、文章のめりはりのない、物語ともなんともつかぬ代物《しろもの》を見せるとは何ごとか」

自信を持って提出した作であっただけに、法子はのけぞって驚いた。師が叩《たた》き返されたその草稿を見ると、なんと、他人の手になる他人の作である。どうやら兄弟子たちが、落第した学生の古い作か何かとすり替えておいたらしい。しかし兄弟子たちを誹謗《ひぼう》することは許されなかった。法子はあわてて師に申しあげた。

「では、ただちにわたくしをお試しください。この場でわたくしに物語の主題をおあたえください。わたしはそれを今ここで、一枚の草稿による物語に仕立てあげて見せましょう」

もうこの時には、すでに老師の怒りはおさまり、法子の並なみならぬ自信から、これほどの男がそのような不ざまな作を書くわけがないと知って、うすうす真相を悟られた気配であった。

師はくすくす笑った。「よいよい。たった一枚では、洛陽《らくよう》の紙価を高めることもできまい」

「しかしわたしは、強《し》いて老師の面前で、洛陽の紙価を高むの一枚の草稿を書きあげた。師はその作を賞讃《しょうさん》なされた。わたしは及第した」

「あのう」と、雲界が質問する。「それはいったい、どんな物語だったのですか」

「わからんやつじゃな。だから言っただろう。洛陽の紙価が高まったという故事を、面白い一篇の短い物語に仕立てあげたのじゃよ」と、法子は言った。「これを読んだ洛陽の、紙売買業を営む商人たちが、この作を宣伝に利用した。そのため、洛陽の紙価が高まった」

法子と、法子の老師が、その二十年後に再会した時の話を、雲界が紹介している。すでに法子は虚構のあらゆる骨法を心得、その技術を自由自在に駆使できるまでになっていた。二十年ぶりにお眼にかかった老師はすでに百歳。法子は、最近の自分の進境を見ていただこうと、近作をお見せした。読むなり老師は烈火の如く憤《いきどお》られたという。

「無礼者。師にこのような筋道の通らぬ、文章のめりはりのない、物語ともなんともつかぬ代物を見せるとは何ごとか」

第八話　寿草林の戦い

夢を説き、虚構の想像力を語る者は、権力者や支配者にとって甚《はなは》だ眼《め》ざわりであり、気になる存在だ。

むろん、権力者とて夢を見る。しかしその夢は、権力を握ったほどの者が見る夢である以上、より大きな権力を握る夢でしかない。彼らは一般民衆もまたそうした夢を見ているか、または自分の権力下から逃がれる夢を見ているに違いないと考え、自分のよりよき生き方を知るために見る夢があるなどという説をまったく信じない。

時の皇帝雷宗は、周囲の者の讒言《ざんげん》もあって法子《ほっす》の教説を忌《い》み嫌《きら》い、ついに反国家的言辞を弄《ろう》する者として寿草林に討伐軍をさし向けた。討伐軍といっても軍兵三十数名に過ぎなかったのだが、たった四人を討つだけであり、指揮者もそれで充分と考えていた。彼らは寿草林に踏みこみ、法子の庵《いおり》を取り囲み、やがていっせいに闖入《ちんにゅう》した。法子とその三人の弟子が庵にいることは間者の報告によって確実であったにかかわらず、庵は無人であった。

法子たち四人は危険を悟り、自分たちの夢の中に逃亡したのだった。そして彼らが出現したところは、その夜、四人を捜しまわって疲れ果て、庵の周囲で野営していた軍兵たちの夢の中であった。軍兵たちはそれぞれに、世にも恐ろしい夢を見せられた。三十数名のそれぞれの無意識の内容が異る以上、彼らにとって最も恐ろしいものもそれぞれ異る。法子たちは彼らの無意識を刺戟《しげき》して、彼ら自身でさえ怖さのあまり意識せず、忘れ去ろうとしていたそれをあばき立てたのであった。彼らの夢はそれぞれに応じてそれぞれ内容は違ったものの、ただひとつ共通するところがあった。そのまま寿草林にいたのでは恐怖のあまり廃人になるであろうという実現性の高い予感であった。

いちばん先に眼醒《めざ》めた者が、まず、驚愕《きょうがく》の叫び声をあげた。その声のおそろしさに他の者も次つぎと眼醒め、彼らの悲鳴がさらに彼らを血も凍るほど脅《おび》えさせ、ついには指揮者を混えた全員が寿草林より逃げ出した。彼らはそのまま国家軍を脱走した。長老の忠告を聞き入れ、雷宗皇帝は賢明にも、法子を討つ計画を中断した。

第九話　法子《ほっす》の死

法子は、庵《いおり》の庭に咲いている花それぞれについて、奇妙な物語を書いた。雲界によれば法子は、時おり庭へ出て花と向かいあい、声に出して何ごとかを語りあっていたらしい。

春のある日、雲界が庭に出ると、紫陽花《あじさい》の花の下に法子が倒れ、息絶えていた。つい一刻前まで、法子はその紫陽花と楽しげに語りあっていたのであったが。

法子の死後、雲界、八忽《はっこつ》、十忽《じっこつ》の三人の弟子はそれぞれ一家をかまえ、門弟を教えた。教えの中には「紫陽花とだけは語りあうべからず」という一条が含まれている。

（「小説新潮」昭和六十年九月号）

エロチック街道

それほどながい道中ではなかったと思うのにタクシーの運転手は帰りの燃料がなくなるのでこの町でタクシーを乗り換えてくれないかと言った。そういえばやってくるまでの道は靄《もや》の多い夜なので周囲がよく見渡せなかったものの森の中だの畠《はたけ》にかこまれた細い道ばかりでガソリン・スタンドはなかったように憶《おぼ》えている。住宅地に入ったばかりでどのような町なのかよくわからないが車の燃料さえ売っていないような小さな町でタクシーが拾えるのかという不安があった。しかし運転手は映画館もあれば酒が呑《の》める店もありそんなに小さな町ではないと言う。時刻はまだ七時半を少し過ぎたばかりである。映画館があるほどの町ならタクシーは拾える筈《はず》だった。ガソリン・スタンドは町の彼方《むこう》のどこかにあるのだろう。いわば裏側からやってきたのでなんとなく鉄道の駅までは僅《わず》かの距離だという気がするものの海岸沿いにあるその鉄道の駅の方から見ればこの町がいちばん山奥ということになるのかもしれない。酒が呑めるという運転手のことばで酒への渇きも生まれていた。よほど燃料が惜しいのか住宅地のやや広い道路でタクシーは停った。少し下り坂になった道路の彼方が繁華街らしくそのあたりの空は赤味がかって明るい。

タクシーを降りたところには西洋館という呼称がぴったりの古風な小住宅が数軒と生籬《いけがき》をめぐらせて庭木の彼方に身をひそめた和風の家が数軒混在していた。人通りはなく繁華街らしい方角からのざわめきのようなものも聞こえてこない。タクシーはおびえているかのように数メートルあと退《ずさ》りしてからターンして走り去った。電柱にとりつけられた街灯が道をはさんで二本向かいあっている。夜風というにはまださほど冷たくはない気流が背後から町の方向へと追い抜いてゆく。数歩歩いたところで前方の生籬のかどを横道へ折れようとしている町の方角から来た三人の男に気づく。彼らの若さのある話し声の中にもう少し呑もうかという言葉が混っていたような気がする。気のせいかもしれないと思いながら少し足を早め彼らが横に並んで入っていった一間ほどの幅の道を覗《のぞ》いてみる。三人のうしろ姿からは彼らが勤め人の身装《みな》りをしていることもわかった。きっと海岸沿いの鉄道の駅の周辺にある会社にでも勤めているのであろうと想像する。その道には両側に住宅の生籬がずっと奥まで続いていて酒を呑ませる店などとてもあるようには思えない。ふたたび歩き出しながらウイスキーの水割り又はオン・ザ・ロックを切実に求めている自分に気づく。氷とグラスが触れあう音も恋しい。もしかすると本当にのどが渇いているのかもしれず冷たいものを欲しているのかもしれない。あの三人は三人のうちの誰かの家で呑みなおすのだろうかそれともずっと奥まで続いたあの住宅の中には客に酒を呑ませる家があるのだろうかなどと考える。そのような家がもしあったとしてもきっと顔見知りの客にだけ呑ませるのだろう。

道は鉤形《かぎがた》に右へ折れ鉤形に左へ折れすぐまた鉤形に左へ折れていた。瓦《かわら》屋根のついた土塀にかこまれて大きな屋敷があり道はその屋敷をしかたなく迂回《うかい》したという恰好《かっこう》である。最後に右へ折れるとその道は突然広くなっていてなだらかな坂となり彼方へ下っていた。いわばこの町の中心の通りなのであろうが繁華街というほどの通りではない。古くからある町らしく幅が二間あまりで舗装もされていないその道の両側に並んでいるのは古風な商家である。灯《つ》りが点いている店はそのうちの半数に満たず通りはあいかわらず暗い。車はトラックが一台停っているだけで人通りもほとんどないようだった。右側の家並に沿って道を下っていくと雨戸で閉ざされた商家の隣りに道からほんのわずか引っこんでいる間口三間ほどの空間があり、その奥に映画館があった。ここにも明りはなく入口はガラス戸が閉められカーテンが引かれていて切符売場の窓口には内側から板が貼《は》りつけられていた。タイル貼りの古い外壁には埋めこみのウィンドウがあり中にはポスターが二枚と「二本立・四月五日封切」と書いた赤い帯状の紙が斜めに貼られていた。閉館してから少くとも五、六年は経《た》つらしくポスターに顔を描かれている俳優たちの中には十年ほど前に人気があった女優もふたり混っている。スチール写真は一枚もなかった。

通りの向かい側は薬局でそこだけはあかあかとした照明看板をあげていた。車をおりた時に空が明るく見えたのはただその薬局の看板のせいだけであったらしい。店内も明るいが人の姿は見えなかった。さらに歩くと並はずれて大きい商家があった。庇《ひさし》の上のどっしりとした大きな木彫りの看板の字は金箔《きんぱく》が剝《は》げ落ちていて読めないがあたりには木材と清酒の香りが漂っているので酒屋ではないかと思える。正面の、間口のほとんどを占める見世土間への入口はすでに何枚もの雨戸で閉ざされていたが、その横には間口一間ほどの、店の奥へ通じているらしい引違いの格子戸《こうしど》が開いていて、格子戸の前には道路へ向けて傾斜させた台の上にこのあたりの物産品と思える乾物や干物《ひもの》が五、六種類並べられている。主に酒の肴《さかな》であろうと思えた。その台の上だけは庇の下にとりつけた照明器具で照らしてあるのでまだ商いはしているらしい。奥へ向かって細ながい土間に入ると隣りの見世土間との間には腰板の上にガラスが嵌《は》め込んでありそれが間仕切りになっている。ガラスの向こう側には茶色い布のカーテンがかかっているので中は見えない。土間のつきあたりは摺《す》りガラスの戸でその彼方は台所かまたは酒蔵であろう。清酒を吞むのもいいなと突然思ったのは店内に新鮮な木材と酒の匂《にお》いがますます強かったからである。ガラス戸の手前の片側には銭湯の番台のようなやや高い帳場があり頭を丸刈りにした若い男が大きな帳簿に記帳していた。帳場の横の間仕切りのガラスにはカーテンがかかっていず見世土間の中を覗くことができた。中はまるで居酒屋とか小料理屋とかいった造りの広い土間で、天板の厚い机がいくつかあり家族らしい数人の男女がその机のひとつを囲み樽《たる》に腰をおろして食事している。男のひとりは酒を吞んでいた。従業員たちかもしれないが客かもしれない。食事をしているうちに閉店したのであれば彼らが客であるということも充分考えられる。今はさほど空腹ではないもののいずれはどこかで食事しなければならないことを思い出し、もしかすると海岸近くの駅の周辺に食堂がないことも考えられるので、帳場の若い男に飲食できる店はこの辺にないかと問いかけると、若い男は帳簿から顔をあげずに答えた。うちは飲食店でないけどな。この街道の四軒くだった隣りにもはや呉服屋があって、その裏がはや酒を吞ませる店になっておる。おおきに料理もあるよ。

してみると食事しているのはやはり従業員たちだったらしい。若い男に礼を言って通りに出ると、ほんの少し夜気のきびしさが感じられた。いやいやもしかするとあれはやはり従業員ではなく近所の家の者が店を終えたあと家族づれで食べに来ていたのかもしれない、あの店は夜になると顔見知りの近所の者にだけ飲食させているのかもしれないなどと考えながらさらに道をくだる。

ここは街道だったのかとも思う。なんという街道かは知らなかった。小旅行用にいつも使っている小さなショルダー・バッグの中には地図が入っているのでどこか明るいところで見ればこの町の名もわかる筈だった。

呉服屋は幅の広い四枚のガラス戸がそのまま間口になっていて店内には明りが点いていた。帳場にひとり和服姿の初老と思える男がいるだけで客はひとりもいない。間口の広さに比べれば奥行のない店で土間が三尺、畳の間が一間しかなく奥の間へ通じていそうな建具も見あたらない。畳の間の中央にある帳場のうしろから左右の天井に向けて階段がふたつありその階段の下には抽出《ひきだ》しや反物を置く棚があった。階段の上に店の者の寝起きする部屋があるのだろうかと思いながら腰を屈《かが》めて見あげると店の間は屋根裏まで吹き抜けになっている。両側の階段の最上段にはそれぞれ奥への襖《ふすま》があるが一階がないのに二階があるというのは不思議だ。見せかけの階段と見せかけの襖だろうかなどと考えながら呉服屋のかどを狭い路地に折れた。路地の行く手の両側は主に裏長屋といったていの小住宅らしくて瓦屋根の軒がくっつきそうに向かいあっている。二、三の障子窓からの明りは路地を雪洞《ぼんぼり》ほどの光で照らしていた。ほんの二十余歩で裏通りへ出た。その通りは意外に広かったがやはりどこまでも住宅が軒をつらねているだけである。ただ右側のかどの家だけが軒下に酒と書いた提灯《ちょうちん》を吊《つ》るし、のれんをかけている居酒屋で、腰障子から明りが洩《も》れていた。のれんをわけ、閉め切られている腰障子を開くと店内は間口三間ほどで奥は一間ばかり、ずいぶん横に細長く右と左にひとつずつ大きな机があり長い木の腰掛けが置かれている。天井はたいへん高く屋根裏までの吹き抜けで中央に太い松の棟が通っていた。こんな時間だから立て込んでいるだろうと想像していたのに客はひとりもいない。もっとおそい時間に混《こ》むのだろうかそれとももう混む時間は過ぎたのかなどと思いながらうしろ手で腰障子を閉めた時、奥からのれんをわけて和服に前垂れをかけた中年の女が出てきた。お酒ですねと訊《たず》ねてから彼女は片手でのれんをあげ奥へ招じ入れるような様子をしそこはもはや寒いから奥へどうぞとややぶっきらぼうな調子で言った。入って行くと奥にも同じような部屋があり同じように天板の分厚い机が置かれていた。やはり客の姿はない。腰をおろすと正面の板壁には酒や料理の種類と値段が一枚にひと品ずつ長さ五十センチほどの細長い紙に毛筆で書かれて貼られている。あとは神棚だの招き猫だの古い時計だのと造作や什器《じゅうき》は居酒屋ならどこにでもあるものばかりである。部屋の奥は両端に調理場への入口があり二階には奥座敷もあるらしくて奥の壁に接して中央からふたつの階段が右と左へわかれてついている。このような階段がこの町の特徴かなどと思いながら眺めているといったん調理場へ入った女がすぐに出てきてお酒は何お呑みなさいますかと訊ねた。板壁のメニューには「丁太夫《ちょうだゆう》一級二百五拾円」「権太夫《ごんだゆう》二級二百二拾円」と書かれている。あの丁太夫というのは地酒ですかと訊ねると女はうなずいて答えた。丁太夫はこのすぐ表の街道筋に面したところが早くも本店でそこから買っているいいお酒です。ではやはりさっき入ったあの店は酒屋だったのだと思う。あの権太夫というのも地酒ですねと訊ねると女はああのお酒はといささか軽蔑《けいべつ》しているような口調で答えた。あれは根岸舞子でできるお酒ですよ。そう言っただけで女は板壁のメニューに顔を向けたまま黙ってしまった。あまりすすめたい酒ではないという様子があきらかである。では丁太夫というお酒をもらいましょうと言ったとき調理場からもうひとり同じような身装りをした若い女が茶を運んできた。何か食べるものはと訊ねると中年の女はまた板壁を見あげた。ヤセサソリ。ああ、あれなら今たくさんあるからと女ふたりがうなずきあう。突き出しのようなものであろうと思ったが板壁のメニューに書かれて貼り出された他の品はいずれも知らぬものばかりである。少し腹が減ってるんだけどね。そう言うと女ふたりはまた顔を見あわせる。中年の女は少し困っているような表情だった。惣菜《そうざい》のようなものはないらしい。若い女があれどうかしらねと中年の女に言う。ほら、あの実生山菜《みしょう》のと言って口ごもった若い女に、中年の女はうっすらと苦笑して見せ睨《にら》むような表情をし、なかばおどけているような言いかたでたしなめる。あんなものすすめちゃいけないよ、こんな真面目《まじめ》そうな人に。ななめうしろに立っている若い女がどんな表情をしたのかはわからなかった。女たちはそれきりで黙ってしまう。ではそのヤセサソリというのをください。決着をつけるようにやや大きな声でそう言うと女ふたりは安心したようにさっさと調理場へ入って行ってしまった。調理場からの温い空気でほんの少し筋肉が弛緩《しかん》する。さっそくショルダー・バッグから地図をとり出して机の上に拡《ひろ》げた。さっき女が言った根岸舞子という地名は海岸沿いの鉄道の駅名でもあることがわかった。そのやや北東の山間部には根岸と書かれている町があったから、この附近にもっと大きな町がない限りここがその根岸なのであろう。街道の名前は書かれていなかった。そして根岸と根岸舞子の間はただ赤い点線によってつながれているだけである。赤い実線ならバスの路線だが点線の場合は何を意味するのかがわからない。

季節によって運休するバスなのかもしれないなどとあれこれ考えていると若い女の方が酒と肴を運んできた。地図に見入っているふりを続けていると彼女は銚子《ちょうし》、ぐい呑み、皿、割箸《わりばし》を置き無言で調理場へ戻る。ヤセサソリというのは飴色《あめいろ》をした干物で酒屋の仮台に並べてあったあの何種類かの干物のうちのひとつであろうと思われた。空腹だと言ったためか長さ十センチあまりで切り口が一センチ四方のもの二十本ほどを小さな皿へ山盛りにしている。食べてみると魚のようでもあり貝柱のようでもあったが塩辛くてとても一度にたくさん食べられるというようなものではない。酒はとろりとしていてさほど辛くはなかった。地図を仕舞い、店の造作などを眺めながらゆっくりと丁太夫を呑みヤセサソリを食べる。奥の壁に接して中央から両側へ向かって上っているふたつの階段をぼんやり眺めているうち、ふと、その階段をあがって奥への襖を開けばそこは呉服屋の二階ではないのかということに思い到《いた》った。この店は街道に面しているあの呉服屋の真裏にあたり、しかも街道から裏通りまではほんの二十余歩であった。呉服屋の奥行きは一間半であったしこの居酒屋の奥行きは入口からこの奥の部屋までで二間ほどである。調理場の奥行きを一間とすれば、あと、背中あわせになっている呉服屋とこの居酒屋との間にもうそれ以上の余裕があるとは思えない。ではこの居酒屋の主《あるじ》と呉服屋の主は同一人物であろうか。業種の異る二軒の店が二階を共有しているというのであれば当然そうとしか考えられない。そして二軒は当然棟続きなのであろう。両方の店に共通の、吹き抜けになった屋根裏の太い松の棟からもそう判断することができる。呉服屋の奥というのは一枚の壁で遮られていて往き来こそできぬものの実はこの居酒屋の調理場であり、その調理場の二階はこの店の二階であると同時に呉服屋の二階でもあるのだ。つまり呉服屋の方からこの店の調理場へ来ようとすればいったん二階へあがってからこちら側の階段をおりてこなければならないのであろう。あるいは呉服屋の奥の壁に取りはずしのできる四角い小さな切り込みでもあって背をかがめれば調理場への通行ができるようになっているのだろうか。ではさっき呉服屋の帳場で見た和服姿の初老の男こそが呉服屋の主人であると同時にこの居酒屋の主人でもあり今にもあの二階のどちらかの襖を開けてこちらに客用の笑顔を向けながら階段をおりてくるのかもしれない。それともあの男はただの番頭だったのであろうか。あの呉服屋の店さきから見た限りでは店の者や主人が寝起きする場所としては二階しか考えられなかったがこの居酒屋とて同じである。してみると二階のふたつの部屋のどちらかに主人、どちらかに店の者が寝起きするのであろうか又は主人や店の者は店を閉めたのちそれぞれどこか別の場所にある自分たちの住まいに帰るのだろうか。もしそうであるとするなら二階のふたつの部屋はこの居酒屋に来る客のための座敷又は呉服屋の物置きということになる。また二階のふたつの部屋というのは互いに往き来できるようになっているのだろうか。あるいは今考えたそれらさまざまなことはすべて妄想であり実は呉服屋と居酒屋とはそれぞれ別棟の独立した建物なのだろうか。とてもそうは考えられないし本来そのような空間のおさまるべき余裕のない呉服屋の二階のあの襖の彼方《むこう》の部屋こそがこの居酒屋の二階と考えてのみすべてが合理的に解決する。

酒が、いつの間にかなくなっていた。考え続けながら呑《の》んだので酔いはまわらなかった。ヤセサソリも気づかぬうちに半分ほど食べてしまっている。若い女が時おり調理場から顔だけ出して様子をうかがっていたが銚子が空いたと知るともう一本つけますかと訊ねながら出てきた。酔ってしまうと旅が面倒になるのでことわり、根岸舞子まで行きたいんだけどこの辺でタクシーは拾えますかと訊ねると女はタクシーとくぐもった声で自分に問い返すように言い途方に暮れたような表情をした。タクシーは根岸舞子まで行けばたくさんあるんですけど早くも今時分だと根岸舞子から乗ってきた人のタクシーが帰るのを見つけるより手だてはありません。訊ねたことが申しわけなく思えるほど女は困惑した顔つきで弁解するようにことばを続ける。おおきにバスもありますけどもうはやさっき出た筈《はず》で最終バスはあと一時間半もお待ちにならねば。

交通がまったくないわけではないことを知ったのでむしろ女を安心させるために笑顔を作る。女も同じような笑顔を作りかけたが突然真剣な顔になって熱心に喋《しゃべ》りはじめる。お客さんはこの里は初めてでは。ではどうして温泉にお乗りにならんのですか。あれに乗ればバスでまわるよりもずっと早く根岸舞子に行けますしここに初めて来た人はたいていあれにお乗りなのです。名物ですもんね。さっきバスのことを申しあげたのはお客さんがタクシーとおっしゃったので車のことばかり頭にあってそれで温泉のことを申さなかったのです。そんな乗りものがあることをまったく知らなかったとは彼女に言いにくいのでそうだった、そうだったというように大きく頷《うなず》く。胃の噴門部あたりが暖くなりはじめていた。そうですか今ごろからでも乗れるのですかとつぶやきながら財布を出すと若い女はええええ乗れますともと言いながらいったん調理場に戻り大きいめの盆に茶をのせて戻ってきた。茶碗《ちゃわん》も大きい。それで、と訊ねる。その温泉へはここからどう行くのですか。女は銚子や皿を盆にのせながら答える。街道をどんどんおくだりください。左側を見て行かれると電気の入った看板があがっています。その道を入って行かれたらいいのです。少し歩かれたらもうはや突きあたりで、その突きあたりが入口です。礼を言い、勘定する。ちょうど五百円だった。熱い茶を飲むと口の中の塩味と粘《ねば》りけが洗い流される。煙草《たばこ》をゆっくり深く喫《す》うと少し目まいがした。若い女と入れ違いに最初の女が調理場から出てきて一礼した。ありがとうございました。ご馳走《ちそう》さま、と頷く。彼女はまたおいでくださいといって部屋の隅に立ったまま笑顔でこちらを見つめ続ける。煙草を喫い終る。立ちあがって居酒屋を出る。今度はよく注意して見ながら路地を抜ける。居酒屋と呉服屋はやはり棟続きのようだった。呉服屋はもう店を閉めていた。街道にはあいかわらず人通りがない。

なだらかな坂道の彼方の暗黒は倉庫のような窓のない大きな建物かまたは停車場でもあろうと想像していたのだがそれは森だった。森はその背後の丘を覆《おお》っていた。呉服屋からさらに百メートルほど街道をくだったが両側の商家はまだ続いている。すでに閉店した商家ばかりである。さらに百何十メートルか彼方の森の手前で街道は右か左に折れているのだろう。街道が行き止まりである筈はなかった。森の一部を暗闇《くらやみ》の中に浮かびあがらせているのは街道の左側に点灯しているまるで投光器のように明るい街灯である。その街灯の下には立看板がある。看板に近づくため街道を横断するとそのあたりには商家のとぎれめ、とぎれめに家並の背後の岩山が道路ぎわにまでせり出している。閉店した商家の奥の間の窓から洩れる明りで岩肌は光っていた。どのような色をした岩なのかということまではわからない。苔《こけ》が生えている様子もない。さらに近づくと岩肌を背にしてやや見あげる高さに看板は立っていた。不透明のガラス看板で五寸幅の板材による厚みの中には四十ワットの蛍光灯《けいこうとう》が上下二本点《つ》いている。木で枠組みされた横四尺天地三尺ほどの横長の看板でガラス面の字は黒く楷書《かいしょ》で揮毫《きごう》されていた。

温泉隧道《トンネル》

此《こ》の温泉は大宝元年（西暦七百一年）怒木《いするぎ》山の噴火により出来たものと伝えられている。火山活動によって沖積層に溜《たま》った温泉水が地下水と合流しその熱と流れの勢いによって地中の石灰岩層や岩塩層を溶かし流した後に出来た温泉隧道であり此の様な温泉は世界的にも非常に珍らしいものとされている。上流開口部（根岸）より下流開口部（根岸舞子）まで全長三千三百七十二米《メートル》、洞内の高さ平均五米（最高四十一米）幅は平均六米（最大二十五米以上）の此の隧道内を流れる温泉水流は時に滝をつくり淵《ふち》をうがち、また地下水流と混って平均摂氏四十一度の温泉が突如摂氏八度の冷泉となる場所も在る。

〔伝説〕平安時代中期の武将源頼義《よりよし》が反乱を起した安倍《あべ》氏平定の為《ため》此地を通った際発見したものと伝えられている。或日《あるひ》頼義は射止めんとした猪《いのしし》が矢を背に突き立てた手負いのままで此温泉の洞穴に入って行くのを追い温泉の上流を発見した。それより数日後頼義は根岸舞子にて同じ猪が矢を背に立てたまま元気に走るを見、附近を調べ温泉下流の開口部を発見、初めて此の温泉が根岸より根岸舞子まで通じていることを知ったという。

〔成分〕此の温泉の泉質は塩化土類含有強食塩泉に分類される。化学成分としてはリチウム、ナトリウム、塩素、カリウム、ルビジウム、セシウム、ラジウムなどの含量が特に多く、胃腸病、婦人病、神経痛、呼吸器病などに特に効能がある。また湧出《ゆうしゅつ》口をはじめ隧道各所に盛りあがった温泉沈澱物《ちんでんぶつ》（湯の華）の石灰華は浴用剤として利用されている。

〔沿革〕江戸時代より根岸近辺の村民が雑湯（いりこみ湯）又根岸舞子に到る交通路として自由に用いていたが大正十二年根岸町民の共同事業として温泉隧道会社が設立され現在に到っている。これにより根岸開口部（入湯所）の脱衣場と根岸舞子開口部（着湯所）の着衣場が設置され送衣路が掘られて有料となった。

根　岸　町　役　場
根岸温泉隧道会社

看板の斜めうしろの崖《がけ》が四尺ほどの幅に切り崩されていてそれが入湯所への入口であった。入口の右側の岩肌には十ワットの蛍光灯が一本入っているガラス行灯《あんどん》が半ば埋め込まれるように取りつけられていて「温泉入口」という赤い楷書の文字と矢印が書かれている。岩ばかりの崖にはさまれた狭い道を奥に進む。照明はされていないが彼方からの明りが石畳で舗装された道を照らしているので歩き難くはない。左右の崖は奥へ行くほど高くなっているようだった。大きな凹凸のある両の岩肌は滑らかで、ところどころせり出している岩の先端は彼方からの明りで赤く光っている。その狭い道を約十メートルほとんど直進すると突然百坪ばかりの広い平坦《へいたん》な場所に出た。正面に温泉旅館のような造りの大きな二階建てがあり二階の縁側の手摺《てす》りの下、瓦《かわら》屋根の庇には「温泉隧道入湯所」という鮮紅色のネオンが点きっぱなしで輝やいている。一階入口の大きな四枚のガラス戸の内部にも二階の障子の内部の座敷にも明りが点いていて前の空地を明るく照らしていた。空地の周囲はすべて赤銅《しやくどう》色をした岩ばかりの崖であり左右対称形をした二階建ての大屋根のうしろにもどうやら岩山が高く聳《そび》えているらしい。温泉特有の香りがほのかに匂《にお》いはじめていた。一面石畳の空地を横断し入口へ近づくにつれガラス戸の中の帳場の様子がはっきりしはじめる。土間の下足番らしい者の姿はない。枠組が頑丈にできている重そうなガラス戸に手をかけるとよく手入れされているらしくてそれは滑らかに動く。温泉の香りは暖気とともに強く建物の中に満ちている。横幅二間余の広い土間には履物が一足もなく上がり框《かまち》すれすれの一段あがった板の間には「お履物ご持参下さい」と縦に書かれた木の札が立っていた。ソファや肱掛椅子《ひじかけいす》が置かれたその板の間は約八坪で正面にはガラス戸越しに熱帯樹の植えられた中庭を見ることが出来右側に帳場がある。帳場は板の間の隅を高さ五尺ほどのL字型の勘定台で四角く囲っただけのものである。中には誰もいなかったが声をかけると帳場の奥の部屋から初老の男が出て来た。住み込みの者らしく木綿の着物を着ていて白髪、律儀《りちぎ》そうな瘦《や》せた顔に縁なし眼鏡をかけている。背が低かった。勘定台には「入湯料二千円」と横書きした木の札が置かれていた。持ってあがった靴をいったん板の間に置き財布を出していると男は誰かを捜して勘定台から身をのり出し板の間を眺めわたした。二千円と引替えにゴム紐《ひも》のついた木札を渡して男は言う。ここを右へお行きになると地下への階段があります。そこの大広間がはや地下脱衣場でそこに女どもがおりますから。男はふたたび勘定台から身をのり出す。男は普段ならその辺にいる筈の地下脱衣場への案内人を捜しているらしい。板の間からは建物の左翼と右翼へのそれぞれの廊下がながくのびていた。廊下はどちらも幅一間の広さがある。

勘定台のかどをまわって右翼への廊下を進む。左右の障子は閉ざされていて中からはなんの物音も聞こえてこない。従業員用の寝所ででもあるのだろう。廊下の天井の中央には一列に蛍光灯が埋め込まれていてあたりは明るい。廊下はよく磨かれているがスリッパを穿《は》いていないので靴下越しに湿気が伝わってくる。冷たくはなかった。六畳間三部屋分ほどを歩いたところで突然廊下は倍の大きさに幅が広くなる。左側の壁ぎわに手摺りの囲いがあり地下への階段があった。壁には横書きの「脱衣所」と先端が下へ向かって折れ曲った矢印の大きな木札による表示がある。地階からは気のせいか温泉の湯気がかすかに白く立ちのぼってきているかのように思えた。階段も湿っている。階段は踊り場をはさんで二十段以上あり地階まで降りるともう周囲はむき出しの岩肌である。岩肌は濡《ぬ》れていてところどころから水滴が垂れ床には簀《す》の子が敷かれている。照明器具はなかったが細い岩の間の通路を簀の子づたいに辿《たど》った彼方の部屋からはまるで洞窟《どうくつ》の出口のように眩《まぶし》いほどの明りが射《さ》していた。そこからは女たちの話し声も浴場特有のあの湿り気を帯びていてしかも明るい反響を伴いながら聞こえてくる。女たちの声は若わかしい。四人か五人いるのであろうと思いながら脱衣場へ入って行くと女は三人だった。数十畳の畳を敷いた大広間でそこが宴会場などと異るのは部屋の中心から一定の間隔で三尺四方の柱が四本立っていて高い四尺角の格天井《ごうてんじょう》を支えていることであろう。玄関の板の間の真下あたりになるのだろうか。湯女《ゆな》という様子の三人の若い女は浴衣《ゆかた》を着ていて車座に腰をおろし話しこんでいた。柱を背にしたいちばん大柄な娘がこちらを向き帳場のあたりに自分の妹がいなかったかという意味のことを訊《たず》ねた。いや。誰もいなかったよ。女たちは顔を見あわせる。その大柄な娘がいちばん美しい。三人とも畳の上へ横ずわりにべったり尻《しり》をおろしていて片側へ素足を投げ出している。浴衣の下には何も着ていないらしい。大柄な娘は特に肉感的に思えた。三人の浴衣は白地に紺の花模様でそれは部屋のあちこちに散在している乱れ籠《かご》の中にひとつずつきちんと畳んで入れてあるものと同じである。どこかで見た憶《おぼ》えのあるその大柄な娘は他の二人に比べると丸顔でまるで女優のように眼が大きい。女優ではなかったのだろうかと思った時あの映画館のウインドウに貼《は》られていたポスターを思い出す。彼女は腰をおろしたままで言う。着物を全部脱いでその籠に入れてください。そしてその浴衣を着てくださいね木札は浴衣の紐に通して。もうすぐ妹が来る筈ですからと彼女は綺麗《きれい》な標準語でそう言う。下着も全部かい。はい。下着も全部です。女たちの中で彼女だけが標準語である。娘たちはまた世間話に戻る。

世間話の途切れめに服を脱ぎ続けながら眼の大きなその娘に横から話しかける。彼女たちのいるところまでは六メートルの距離があり部屋は反響が大きいので声は大き過ぎても小さ過ぎてもよくないから加減して話さなければならない。映画にはもう出ないの。彼女たちはこちらをふり向く。眼の大きな娘は眼をいささかも細めず笑顔になってうなずく。そうなのよ。やめたの。わたしの映画見たの。一本だけ見たよ。他にもっと見てるかもしれないけど一本だけは確かだ。すみませんと言いながらもうひとりの娘がさっきの廊下から部屋に入ってきた。あとを追ってきたらしくて呼吸《いき》をはずませている。姉ほど大柄ではなく少し痩せていて顔も丸顔ではなかったが眼だけは似ていた。手には風呂敷《ふろしき》包みを持っていてベージュ色のスカートに焦茶色《こげちゃいろ》のセーターを着ている。素足だった。わたしちょっと着湯所まで行ってきますと彼女は姉に言う。そう。丁度いいわ。お客さんをご案内してね。おひとりだし、この温泉に入るのが初めてのかたみたいだから。妹は大きな眼をこちらに向ける。あらためて驚かされるほどに色が白い。初めてなんですか。うん。じゃ、こちらへどうぞ。ご案内しますから。すでに浴衣に着換え終っていた。妹娘は服と下着を畳まずに抛《ほう》りこんだままの乱れ籠の中へ自分の風呂敷包みを入れてかかえあげ広い脱衣場の隅へと歩き出す。そのあとをついて行くと廊下からの入口とは反対側の隅にさらに地下へおりて行く幅三尺ほどの狭い階段がある。階段の両側はもはや剝《む》き出しの岩肌であり階段も岩の斜面へ幅の広い横木の梯子段《はしごだん》をとりつけただけのものである。梯子段を降りるとすぐ風呂場の入口のような摺《す》りガラスの戸がある。ガラスの表面からは水滴が幾筋となく絶え間なしに伝い流れている。娘はやや荒っぽくガラス戸を開く。突然蒸気と共に流れる温泉の湯の音が彼方の洞窟の中から湧《わ》きあがってきてその白い湯気の層の厚さと大きな音とが初めての入浴者にいささかのたじろぎと大きな期待をあたえる。中に入るとそこはもう洞窟である。岩は頭上一メートルほどの高さにまであからさまな凹凸を見せて迫り両側の岩も二メートル弱の隙間《すきま》を残して荒あらしく通路へせり出している。簀の子敷きのその岩の間を彼方へ何メートルか行ったところに激しい流れがあるらしいのだが朦朦《もうもう》たる湯気でそのあたりは見えない。三歩ほど進んで見きわめようとしたが今度は顔にあたる熱気でふたたび立ちすくんでしまう。うしろで娘が、ちょっとそこで待っていてくださいねと言う。振り返ると娘はセーターを脱ぎはじめていた。瘦せてはいない。熱いお湯の出ているところが二カ所ほどあって初めてのかたはときどきそこで火傷《やけど》をなさるのですとスカートを脱ぎながら娘は言う。彼女はセーターとスカートを乱れ籠に入れ下着も脱ぎはじめる。乱れ籠は男女二人分の衣類で山の形に盛りあがってしまう。娘は全裸になる。岩の天井に直接ついている六十ワットほどの電球の下に湯気に囲まれた娘のレグホーン色の裸体がありそれは健康そうだ。娘は見られていたことに気づき首を傾《かし》げ気味にして何か言う。小さな声だったので流れの音に遮られよくは聞こえなかったものの、自分を抱きたいかという意味のことを訊ねたらしい。湯気でよくはわからないが笑ってはいないようだ。そうすることが仕事なのかと訊ねると彼女は大きくかぶりを振る。あなたのような人が好きですから。うなずくと彼女もうなずく。途中で流れが脇道《わきみち》へ入っているところがあります。その脇道の行きどまりに岩場があるわ。娘はそう言いながら乱れ籠をかかえあげてガラス戸のすぐ内側の右にある、岩をくり抜いただけらしい小さな部屋に入っていく。粗末なベニヤ板だけの扉には塩化ビニールを切り抜いた「送衣路」という黒い文字が貼りつけられている。部屋へ入ってすぐに娘は誰かと大声で話しはじめる。相手の声は聞こえない。伝声管かまたは電話で着湯所の者と話しあっているのであろう。娘の言葉は反響がはげしいために聞こえない。彼女の声はひたむきな性格の連想できる張りつめた中高音である。女優だった姉娘の方がずっとおっとりしているのだろうとも思えた。話し終ってからも娘はなかなか出てこない。送衣路に投げこむために衣服を畳んだり包んだりしているのだろうかと想像する。次に送衣路とはどのようなものかとつい想像する。ダスト・シュートのような急勾配《きゅうこうばい》の穴を単に岩に穿《うが》っただけのものであろうか。いや。それだと岩から滲《にじ》み出す地下水のために荷物が滑らかには落ちて行くまいし途中で引っかかってしまうこともあるだろう。湧き出る温泉水とその水路を利用してもうひとつ小さな隧道を作ったのかもしれない。きっと密閉した容器に衣服を入れてそれを急流にのせるのだろう。その方が確実に麓《ふもと》まで届く筈《はず》だ。

空腹を覚えた。それであの娘に魅力を感じたのだろうか。そう思った時に娘が全裸のままで部屋から出てきた。わたしはこのままですけどあなたはそれを脱がなくていいのです。そう言いながら彼女はからだが触れあうほどのすぐ傍《かたわ》らをすれ違って先に立つ。髪は長くて肩まであった。肩に続く背中のあたりの肉づきは豊かで肩胛骨《けんこうこつ》の輪郭は見えない。滑りますからね。足の下はもう岩肌だ。熱いしぶきが時おり顔にあたりはじめる。その何十ワットかの電燈《でんとう》数個に照らし出されただけの黒い急流がところどころ白く泡立ちながら右から左へ走って行く様子は今やっと三、四メートル下の足もとであらわになる。そこは岩を削って流れの中へおりていく四、五段の石段になっている。鉄パイプの手摺りもある。だが足の下も手摺りも共に濡れていて滑りやすい。危険なので段をおりながらあたりを見まわすことは不可能だ。段の途中で立ちどまり、流れの上流を見きわめようとして右手をすかし見る。だが右手は見あげるほどの巨大な岩が屹立《きつりつ》していて行きどまりになっている。天井の高さは三十メートル以上あり大《だい》伽藍《がらん》を連想させた。岩の中腹の四、五カ所からは湧き水の白条が淵《ふち》のようになった水面に落下し続けている。直径が二十メートルはあろうかと思えるその淵のようになった円型の水面にはあちこちに大きな泡があらわれては消え波紋を拡《ひろ》げている。落下する白い水が地下水で水面の泡は湧きあがってくる熱い温泉水なのであろうかと考える。淵からあふれた温泉は急に流れを狭めてこちらへ向かい、段のある降り口あたりでは幅約三メートルの流れになっている。その流れは四メートル弱の高さになった凹凸の多い天井に数メートル間隔で点点と点いている裸電球に照らし出されはるか左手へ流れ去っていて彼方《かなた》を見きわめることはできない。娘はすでに流れに入り妖精《ニンフ》のように腰まで浸《つか》って立ったままこちらを見あげている。徐徐に足さきを浸しながらまさぐると流れの中にも段があり急に深くなってはいない。手摺りを握りしめて膝《ひざ》の上まで浸すとそこからはもう段も手摺りもない。ゆっくり腰まで浸れば足の裏にはなめらかな岩肌の起伏が感じられる。温泉はやや熱かった。娘が身を屈《かが》めて肩まで湯に浸し流れの中央へすっと泳ぎ出た。尻の白さが水面すれすれのあたりでぼんやりと輝やいた。湯気にかくれて彼女の浸っている部分の姿態をはっきりと見ることはできない。娘のあとを追い流れに乗って泳ぎはじめると身が軽く浮いて案外泳ぎやすい。ほんの時おり膝が浅瀬の岩に軽くぶつかるだけである。ただ浮いているだけでも流れに乗って行くことはできるのだろう。少し進んだだけで岩天井の電燈による明るい点線がゆるやかに右側へ弧を描いていることがわかる。やがて耳が流れの音に馴《な》れてきて娘が何か話しかけてきたとしても聞きとれそうに感じられる。少し大きく手足を動かすだけで彼女と肩を並べることができた。彼女はこちらを向いただけで無言だ。ほとんど手を動かしてはいない。両側の岩がせり出していたり後退していたりするので流れはその幅を常に変え続けている。流れの勢いがずっとこの程度であれば老人や子供でも入浴できるだろうなと考える。五歳くらいの子供であれば大丈夫だろう。だが老人や子供も入浴させるのだろうか。泳げない者はどうなのだろうと思う。背が立たぬほど深いところがあったとしても押し流される勢いに助けられるだろうから深みにはまりこんだままということは滅多にないのだろう。溺《おぼ》れた者はいるのだろうか。よほど運が悪かった場合のことだろうが今までにひとりぐらいは溺死者《できししゃ》も出たのではあるまいか。

娘はときどき顔をあげ流れの前方をうかがうだけであとは顔の右半分を湯に浸してこちらを見ている。笑ってはいない。からだも湯の中で横にしているようだ。泳げるのと彼女が訊ねる。泳げるよ。どうしてだい。娘はまるで寝床の上に横臥《おうが》して寝物語をしているかのような楽に見える姿勢のままで言う。この先でコースがふたつにわかれているでしょう。ややたゆたいはじめた流れが天井の電燈による点線とともにふた股《また》にわかれている。近づくにつれ本流と思える左側の洞窟は幅が四、五メートルに拡がり天井も奥へ行くほど高くなっているらしいことが次第にあきらかになってくる。

右側が近道なのよと娘は言う。だけど深いところがあるの。右側の洞窟は狭いのでふたり並んでは進めない。分岐点までくると娘が手をさしのべて先へ行けというように肩を押す。押されるままに右側の洞窟の中へ泳ぎこむと彼女はそのまま肩に両手をかけてしまう。両肩には彼女の手の指さきが強くくいこんでいる。背中に彼女の乳房の感触がある。彼女が身をくねらせるたびに尻のあたりを彼女の下腹部の膨《ふく》らみが右から左へ、左から右へと擦過する。足だけで泳いでいるらしい。湯の温度はぬるくなり人肌に近づきはじめている。狭い洞窟の中に轟音《ごうおん》が近づきはじめる。流れも早まる。滝があるのかい。滝があるのよ。娘ははじめて笑う。ふ・ふ・ふという呼気が耳をかすめる。一メートルの滝よ。期待といささかのおそれで思わず笑ってしまう。娘も笑う。行く手には洞窟が狭まって円口類の口腔《こうこう》のように見える小さな半円形があり、その彼方は黄金色に光っている。流れはその光りめざしてますます勢いを早める。もう笑うことはできない。あそこが滝なのであろうと思う。背中には娘の胸部が押しあてられた。彼女の体温が湯よりやや熱いことを感じることができる。彼女の両腕が強く両の鎖骨を締めつけていてその両手は胸骨の上で組み合わされている。尻に彼女の恥骨部の膨らみが触れている。直径わずか一メートル余のその半円形をくぐる。まるで下水道の出口から吐き出されるように明るみの中へ吐き出される。落ちた部分の底はえぐられていて背が立たない。浮かびあがるとそこはふたたび淵のようになった広い場所である。突然、湯が熱くなっていることに気づく。娘はいつのまにか離れていて二メートルばかり前方の水面に顔を出している。黄金色の光は象牙《ぞうげ》色《いろ》の岩壁に設けられた二個の投光器から発せられていた。それらは二十メートル以上ありそうな洞窟の天井近くを照射している。そこからはそれぞれ数条の水がほとんど垂直に落下している。水面近くの岩の割れめからは温泉水と思える熱湯が蒸気とともに湧き出していて、そのあたりは水面から突き出た鉄柵《てっさく》によって囲われている。そっちへは行かないでと娘が言う。熱いから。あっちよ。彼女のあとについて泳ぎながらもういちど天井を見あげるとそれは大寺院の丸天井を思わせ、投光器の照明が届かぬ隅ずみの暗闇《くらやみ》がいきをひそめた生きものの存在を想像させ、そのあたりの岩にたとえば観世音菩《ぼ》薩《さつ》の巨大な彫刻があってこちらを見おろしていたとしてもさほど不自然ではないほどの神秘性に満ちている。さしわたし十数メートルの淵を横切ると湯はふたたびゆるやかに流れはじめている。足が底の岩を蹴《け》った。迂《う》回《かい》してきた本流が淵からの出口で合流し、そこからはまた幅二メートルの急流になっている。息苦しさを感じるほど熱かった湯の温度が少し低下した。足が何度も底を蹴るが岩の表面は滑らかである。流れが早いのは勾配がやや急なためであろう。娘がすぐ前をなんの恥かしげもなく泳いでいく。全裸なので電燈の真下にくると彼女の姿態がにぶく白光を発してそれは眼に痛いほどだ。彼方に「頭上注意」という赤いガラスに白抜き文字の透光看板が見える。娘が流れの端に身を寄せて手をさしのべた。気をつけて。娘に肩を抱かれる。水面すれすれに天井の岩がおりてきていて顔をなかば湯に浸さなければ通り抜けることができないのだ。流れの幅が拡がった。温泉公園とでも称したくなるような広い流れで、隅にはあちこちに人の乗れそうな岩頭があらわれ温泉水が湧き出て岩をつたい流れている場所もある。子供が遊ぶのだろうか小さな飛込台のような形をした鉄パイプの造形物も水面から突き立っていた。岩壁の窪《くぼ》みや岩頭には甘い色をした各色のビート板が散らばり、置かれている。澱《よど》みに浮んでいるものもある。子供の遊び用具と思えたそれらを指して娘が言う。あれ持って行きましょう。流れの端へ寄り、澱みで岩にひっかかっている長さ一メートルもない軽いプラスチック製ビート板を一枚引き寄せる。そのあたりは浅瀬で胸が岩底に触れる場所もある。娘も赤いビート板を一枚抱いて流れの中央に戻る。その広い流れは幅が三等分された小さな三つの洞窟《どうくつ》となって三方に分かれている。「進路」という表示の出たガラス行灯《あんどん》の下の右端の洞窟に入ると深さが二十センチ余しかないので立って歩かなければならない。娘が立ちあがる。彼女のからだ全体から湯気が白くゆらめき立ち乳首や陰毛からは湯が滴《したた》っている。いつの間にか浴衣《ゆかた》の前がはだけ、ほとんど腰紐《こしひも》だけの裸に近い不様《ぶざま》な恰好《かっこう》をして歩いていることに気づき、いっそのこと彼女同様に裸で泳げばよかったなどと思う。彼女がちょっとこちらを見る。部分や状態を見てから、笑った。また激しい流れの音が近づいてくる。裸の胸にあたる天井からの水滴はながく湯に浸っていた肌にはひどく冷たい。

急流との合流点に出た。右手から三十度ほどの急勾配でしぶきをあげ流れ下ってきた急流が眼の下二メートルのあたりで渦巻いている。岩天井にとりつけられた投光器がそのあたりを照らし出し本流からのか細い流れはほんの数十センチの滝となって急流に注いでいる。岩頭に並んで立った娘が寄り添うようにして言う。飛びこみましょうか。飛びこんでも大丈夫よ。右の腕が彼女の左の腕に密着している。彼女の腕は熱い。彼女の顔はいくぶんふくよかになったように見え、急に姉娘に似ていることがはっきりする。いつ口紅を塗ったのかと思うほど唇に赤く血の気がさしていた。見惚《みと》れているのをためらいだと思ったらしく彼女はつとからだをひき離した。ビート板を持った両手を前にさし出して彼女は急流にとびこむ。白いものが白いしぶきや泡にまぎれてたちまち左手へ消え去りそうに見える。少しでも遅れると激しい流れが彼女をたちまち遠ざけてしまうだろうと思い、あわててあとから飛《せ》びこむ。流れは今までになく冷たい。その冷たさに驚いたためか鼻孔に水が入る。咳きこみながらビート板を顎《あご》の下まで引き寄せ足で水を蹴る。流れに乗ってからだは水面を上下しながら勢いよく進んだ。娘はときおりこちらを振り返りながら二メートルほど前方を進んでいる。泳いではいない。じっとして流されているだけだ。追いつこうとしてまた水を蹴ると足が水底の岩にあたった。さらに岩を蹴ってたちまち娘に追いつく。胸から上をビート板にあずけ頬を密着させて彼女はこちらを向く。どちらかといえば蒼白《あおじろ》いほど白かった彼女の顔は血色がよくなり、すっかり豊頬《ほうきょう》になっている。不思議な温泉だなどと思いながらビート板を胸の下に敷く。彼女の顔を見つめながらこの娘《こ》は姉娘と仲が良いのだろうかなどとも考える。それからまた今時分から着湯所まで何をしに行くのだろうとも考える。今から根岸へは戻れないだろうから今夜は根岸舞子に泊るのだろうか。そういえば入湯者の姿は他にひとりも見かけなかったがおそらく今時分から根岸舞子へ行く者はひとりもいないのだろう。だから今はいわば「しまい湯」なのだろう。岩よと娘が言う。流れのまん中に岩が頭を出していてほんの一瞬彼女との間をひきはなす。気がつくと左右の岩にはところどころ空洞のように大きな口が黒く開いている。流れこんでくる支流なのか流れが分かれているのか、よくわからない。ビート板を両の肱《ひじ》から先で押さえこみ娘は首をのばしてあわただしげに周囲を見まわす。いそいで水を掻《か》きこちらに近寄る。彼女の腕がふたたび肩に巻きつく。耳もとで彼女は言う。

岩場へ行くところを通り過ぎてしまったわ。声が悲しげだった。彼女の顔を見る。いくぶん悲痛に見える表情からそこまで引き返すのがどうやらたいへんなことらしいと悟る。彼女は訊《たず》ねる。引き返す。彼女はそう訊ねる。しなくていいの。この急流を遡《そ》行《こう》するにはだいぶ時間がかかりそうだった。いいよ。ごめんなさいね。ビート板を重ねて彼女はまた背中に乗る。たしかに興奮はしていたし肉体も昂揚《こうよう》していた。だがそれは彼女のこと以外にも原因があるのではないかと思えた。珍しい体験とちょっとした冒険による興奮かもしれず肌が温度の変化する湯だとか底の岩だとかに触れたための単に皮膚感覚を刺激されたことによる昂揚なのかもしれなかった。

　流れがゆるやかになって水音が小さくなる。もうすぐ着湯所よと娘が言う。最後の滝は面白いのよと彼女は耳もとで話し続ける。すごく急なスロープになってるの。それがまたすごく長いの。百メートル以上あるの。滑り台みたいなの。岩はなめらかだから心配いらないわ。でもやっぱり少しこわいわ。前方に電燈《でんとう》の光りではない明りが見え、それはまるで洞窟がそこで行き止まりになってでもいるかのように行く手真正面の岩肌を照らし出している。流れがそこから急勾配《きゅうこうばい》で落下しているのだろう。娘がふたつのビート板を背後へ押しやり、またしがみついてくる。あの下が着湯所よ。そこは浅瀬になっている。見おろすとスロープは四十五度以上ある急な勾配で、はるか地底にまで続いているかの如《ごと》く長い。彼方は着湯所の明りでぼんやりと光っている。投光器をこちらに向けて斜面を照らしているのだろう。スロープは幅一メートルで滑り台状に中央が凹み水は岩肌に湿り気をあたえる程度にしか流れていない。斜面の頂きで娘は交わる姿勢に抱きつき足をからませてきた。わたしたちはしっかりと抱きあったままで百メートル余の急な傾斜を一気に滑降した。

(「海」昭和五十六年五月号)

簞たん

笥す

「まあ。ずいぶん広いのですね」毬子《まりこ》さんは暗いひんやりした土蔵の中を見まわして言った。「それにずいぶんいろんなものが置いてありますのね」

「お祖父《じい》さまが建てられた土蔵なのです」重い格子戸《こうしど》をがらがらがらがらといったん閉め、ぼくは電燈《でんとう》のスイッチをひねった。「軽井沢にこんな土蔵があるなんて、珍らしいでしょう」

「古いものがいっぱいあるのですね」積みあげてある長持や、布団《ふとん》などの入った木箱をひとわたり眺《なが》めてから、毬子さんは訊《たず》ねた。「でも、どうしてこんな別荘地に土蔵などお建てになったのですか」

「東京にはまた大地震があるとお祖父さまはお考えになったのです」ぼくの家も毬子さんの家も東京の山の手にあるのだが、家は離れているから東京で毬子さんと逢《あ》うことはない。別荘で暮す夏休みの間だけ隣り同士になるのだ。「そこで、重要なものをこちらへお移しになったのです」

「お二階もあるのですね」幅の広い頑丈《がんじょう》な階段の下に立って見あげ、毬子さんは言った。「その重要なものが、お二階に置いてあるのですか」

「いいえ。お祖父さまはもうお亡《な》くなりになったし、今となってはそれらはただ古いというだけのものでしかないのですよ」ぼくは先に立って階段をあがった。「でも、二階の方にはずいぶん面白いものがあります。どうぞあがってください」

「文麿《ふみまろ》さんはこの一年で、とても背が高くおなりになったのですね」ついてあがって来ながら毬子さんは言った。「今は府立一中の四年生でいらっしゃるのでしょう」

「はい。毬子さんはぼくより一歳上だから、今は白百合《しらゆり》高女の五年ですね」二階にあがるとすぐ、ぼくは愛宕《あたご》山の見える窓を開けて言った。「ほら。ここからご覧なさい。いい景色でしょう」

「まあ。いい風が入ってきますこと」毬子さんは窓ぎわに寄って立ち、うっとりと眼《め》を細めた。「仏法僧《ぶっぽうそう》が鳴いていますわ。それにカッコウも。雲雀《ひばり》も。とてもいい眺めですこと。あら。矢ケ崎川のほとりを川端康成《やすなり》先生が散歩なさっておられますわ。きっと、つるや旅館にお泊りなのですね」

カラマツの緑に映えた毬子さんのとても美しい横顔を、ぼくは少し離れたところに立って見惚《みと》れていた。

「まあ。大きな鎧《よろい》ですこと」室内に眼を移した毬子さんが奥のうす暗い部分に飾ってある萌葱《もえぎ》縅《おど》しの鎧兜《かぶと》を見て声をあげた。「きっと文麿さんのご先祖は戦国時代の武将だったのですね」

先祖は商人でその前は百姓だ。しかし黙っていた。

「まあ。素晴らしい箪笥《たんす》じゃありませんこと」毬子さんがまた叫んだ。「ロココ様式。そうですわ。わたくし学校で教わりましてよ。これはロココ様式の装飾が施された箪笥ですわ」

「大きな箪笥でしょう。これはお祖父さまがフランスでお買い求めになったものです。一説にはルイ十五世がお使いになっていた箪笥ともいいますが、フランス革命の災禍を逃れて転転としたのち売りに出されたものだと思われます」

「では、とても古いものなのですね」毬子さんは引き寄せられるように箪笥の前へ歩み寄り、開き戸や抽出《ひきだ》しの前面の、草花を象《かたど》った浮かし彫りを白く細い指さきで、その曲線に沿って撫《な》でまわした。「その、ルイ十五世がお使いになってらしたというのは本当かもしれませんことよ。だってフランスのロココ様式のことをルイ十五世様式とも申しますものね」

ぼくは毬子さんの物知りであることに吃驚《びっくり》した。「よくご存じなのですね」毬子さんは衒学《げんがく》を恥じるかのようにぱっと赤くなった。それから抽出しの、浮かし彫りの一部に見せかけた取手に手をかけ、さすがに慎み深くその手を離した。「中にもきっと古い、貴重なものがいっぱい入っているのでしょうね」

「さあ。実はぼくもまだ見たことがないのですよ」と、ぼくは言った。「でも今急に、なんだかとても見たくなってきました。毬子さんもご覧になりたいのでしょう」

「あらまあ。あたくし見たいわ。見たいわ」彼女には珍らしく少し蓮《はす》っ葉《ぱ》なところを見せ、毬子さんは身を左右に揺すった。白いワンピースの裾《すそ》が揺れて、それはたいへん魅力的な仕草に思えた。「でも、本当に見ても構わないのでしょうか」

「かまいませんとも。あけてみましょう」

ぼくは抽出しのひとつをあけてみた。中には祖母のものと思える襤褸《ぼろ》に近い古着が畳んで入れてあった。他の抽出しには男ものの古着、今となっては誰も着ないような古めかしい紋付、子供用の礼服などが入っていた。毬子さんも面白がって別の抽出しをあけはじめた。

「ろくなものはありませんね」

「あら。でもこの抽出しをご覧遊ばせ。ほら。古い煙管《きせる》。根付け。印籠《いんろう》。まあ。短刀もありましてよ」

「でも、みんな壊れていますね。短刀は鞘《さや》が割れているし」ぼくはそう言いながら、上部の四つ並んだ小抽出しに手をかけた。「おや。この抽出しは開きませんよ」

「鍵《かぎ》がかかっているのでしょう」毬子さんも次つぎと試しながら言った。「四つとも開きませんわね。ほら。ここに鍵穴がございましょう。きっと全部、鍵がかかっているのです」

「その鍵はどこにあるのですか」

「そんなことあたくし、知りませんことよ」毬子さんはくすくす笑った。「お父さまがお持ちなのじゃありませんこと。きっと、とてもだいじなものが入っているのですわ」

「そうでしょうか。とてもそうは思えないのですが」と、ぼくは言った。祖父にしろ父にしろ、だいたい抽出しに鍵などをかけるような細心な人物ではない。「あっ。思い出しましたよ。いちど母が父に訊ねていたことを。あの抽出しはなぜ開かないのかって。父は、買ってきた時から開かなかったそうだって話していましたっけ」

「では、文麿さんのお祖父さまがフランスでお買い求めになった時からすでに鍵はかかっていて、しかもその鍵はその時からすでに失われていたのですね」

「そういうことになりますね。だからつまり、この中には何も入っていないということになるのでしょうね。もし何か入っていたとすれば、それは前の持ち主であるフランス人が入れておいて忘れた品物ということになりますが、おそらくそんなものは入っていないでしょう」

「でも、ここは開くのでしょう」毬子さんは小抽出しの上の、四枚の引き戸を指した。

「これは開くでしょう」中央の二枚の引き戸に両手をかけ、敷居の上を両側にすべらせると、その中には古文書がぎっしり入っていた。二、三取り出して見ると、和綴《わと》じにされた和紙には多くの人の住所氏名がずらりと毛筆で書きつらねられている。

「なんでしょうか」

「得意先名簿だと思います」ぼくは毬子さんに、先祖が武将ではなかったことを明かしてしまった。「実は、家は昔、両替商だったのですよ」

そのほかに面白い古文書があるとは思えなかったので、ぼくは引き戸を閉めた。そのとき、力を籠《こ》めたためか、引き手がわりになっている花模様の木彫りの装飾の一部がことり、と音を立てて戸からはずれてしまった。縦二十センチほどの細長い、花を浮かし彫りにしたその木片をぼくは見つめた。

「あら。壊しておしまいになったわ」

「いいえ。これはどうやら、最初に造られた時から取りはずせるようになっていたらしいですね。ほら。ご覧なさい。両端が上下に嵌《は》めこめるようになっているでしょう」

「あら。本当に、そうだわ。そうだわ」

振ってみると空洞《くうどう》になっている内部に何かが入っているらしく、ことことという音がする。ぼくはその木彫りの両端を強く握って左右へ引っぱってみた。案の定だ。ちょうど煙管入れのようにそれはまん中からすっぽりと抜け、うす煙のような少しばかりの埃《ほこり》とともに中からは黒ずんだ一箇の鍵が出てきてぼくたちの足もとにころがり落ちた。割れめが装飾の浮かし彫りによって巧妙に隠されていたのだった。

「鍵ですわね」

ぼくは毬子さんと顔を見あわせた。鍵がないという話をしていたら鍵が出てきたのだ。ぼくのすることは決っていた。鋼鉄で作られているらしいその重い鍵を拾いあげ、抽出しの鍵穴に合うかどうか試してみればいいのだった。

「文麿さん。わたくし、怖いわ。怖いわ」右の抽出しの鍵穴から順に鍵を合わせていくぼくの肩をうしろから両手で押さえ、毬子さんが言った。「何かが出てきたらどうしましょう。何が入っているのかしら」

鍵が合ったのは右から三つめの抽出し、浮かし彫りがはずれた引き戸の真下にある抽出しだった。では、それぞれの抽出しの鍵は、その真上の引き戸の中に隠されているのだ、と、ぼくは思いながら抽出しをあけた。抽出しの中には乱雑に、数十枚の写真が投げ込まれていた。

上の数枚を出して見るなり、ぼくは歓声をあげた。カイゼル髭《ひげ》を生やした全裸の男性が金髪の、同じく全裸の女性と性行為をしている写真だったのだ。ベッド上のもの、長椅子《ながいす》の上、肱掛《ひじかけ》椅子の上、姿態もさまざまだが、いずれの写真も男女の生殖器があらわになる方向から撮られていて、男性の生殖器官は必ず、深かれ浅かれ女性の性器の中に挿入《そうにゅう》されている。

「写真なのですね。どんな写真ですか」

訊ねた毬子さんに、ぼくはその数枚をまとめて手渡しながら彼女の表情をじっと観察した。どれほど驚くかにたいへん興味があったのだ。

「きゃっ」艶《つや》のある乳白色の顔をたちまちまっ赤にしてしまい、大きく口をあけて眼を丸くした毬子さんは、それでもあわただしくその三、四枚を次つぎと全部眺めてからぼくの手に押し戻し、階段の横まで行って手摺《てす》りにつかまり、しゃがみこんだ。大きく肩で息をし、片手を胸にあてている。

「どうしたのです毬子さん。大丈夫ですか」

「文麿さん。そのようなものをご覧になってはなりません」

「どれもこれも似たような写真ばかりですよ」ぼくは抽出しの中から次つぎと写真を出して眺めながらそう言った。写真の男女はほとんど同じ人物だった。「いったいこの写真は何でしょう」

「それはポノグラフィというものです」息も絶えだえという声で、毬子さんは叫んだ。

「早く、早くしまってください」

「でもこれは貴重な写真かもしれませんよ。ここに写っているベッドや椅子などの道具類はみなロココ調のものです」

「貴重な写真なんかであるものですか」毬子さんはこちらを向かずに言った。「それはもうあのたいへん下品な、そして不潔な、いやらしいものですわ」

「しかしこの写真の人物は、もしかするとルイ十五世なのかもしれませんよ。あっ。そしたらこの女性は、ポンパドゥール夫人か、デュ・バリイ夫人かも」

「いいえ。あの頃《ころ》にはまだ写真などというものはなかったのです」毬子さんの声は次第にひび割れはじめ、お婆《ばあ》さんのような声になってきた。「王様ともあろうかたが、そのようないやらしい写真を撮らせたりなさる筈《はず》がありません。あの、早くしまってくださらないと、わたしもう、お家《うち》へ帰ってしまいましてよ」

「はい。もうしまいました」毬子さんが家に帰ってしまっては困るので、ぼくはいそいで写真をもとに戻し、抽出しをしめて鍵をかけ、その鍵までをもと通り引き戸の浮かし彫りにおさめ、そして嵌めこんだ。

次いでぼくは右端の引き戸から引き手がわりの浮かし彫りをはずした。思った通りだ。そこにも鍵が隠されていた。

毬子さんはすでに立ちあがり、両手を胸に置くような姿勢でそろりそろりとこちらへ近づきつつあった。「あの。ほかの抽出しもそうやって、全部開けてご覧になるのですか」

「もちろんです」と、ぼくは言った。「貴重なものが隠されているのかもしれませんから」

「でも、またいやらしいものが出てくるのではないでしょうね」ぼくの横に立って鍵穴に鍵を合わせるぼくの手もとを見つめながら毬子さんは言った。「いやらしいものが出てくるのなら、わたし、困ってしまいますわ」

「でも、ひと眼にふれないように隠しておくものといったら、いやらしいもの以外にも、貴重なものというものがあるのです。そういうものなら毬子さんもご覧になりたいのでしょう」

「でも、いやらしいものなら見たくありませんわ」

「これはいったい、何でしょう」右端の抽出しの中からぼくが取り出したのは、長さ三十センチにも及ぶ、木で作られた巨大な男性の性器だった。

「あれっ」毬子さんはけたたましく悲鳴をあげてまた部屋の隅《すみ》まで駈《か》けて行った。今度は階段の方へではなく、窓のある方へ走って行き、壁ぎわにうずくまってしまった。毬子さんは壁へ、からだに比べてやや大きいめの彼女の頭をぶつけたらしくて、ごつん、という鈍い音がした。

「あっ。毬子さん。大丈夫ですか」

「文麿さん。文麿さん。早くしまってください」両手を顔にあてて毬子さんは叫んだ。

「あたくしにそのようなもの、お見せにならないで」

「でも、これはいったい、何をするものでしょうか」

「それはハリカタというものです」と、毬子さんはいった。「いやらしいことをするものです。早くしまってください。でないと、あたくし、死んでしまいます」

ぼくはあわててその木彫りを抽出しに入れ、鍵をかけた。「はい。しまいましたよ」

「まさか、ほかの抽出しも全部、あけてご覧になるというのではないでしょうね」毬子さんは立ちあがり、窓ぎわからぼくをこわい顔で睨《にら》みつけた。

「でも」

ぼくが困っているのを見て毬子さんは、ぷいと窓の方を向いた。「もしどうしてもご覧になるとおっしゃるのなら、あたくし、ここから窓の外を見ていますわ」

見てもいい、ということのようだった。ぼくはただちに同じ手順をくり返して右から二番めの抽出しをあけた。中からは、話にだけ聞いたことのある、どうやらそれが羊皮紙というものらしい部厚い紙の束が出てきた。原稿らしく、時に飾り文字などを含めたフランス語の文章が達筆のペンで書き込まれている。枚数はほぼ百数十枚に及ぶようだった。

「それはなんでしょうか」いつの間にかこちらを向いていた毬子さんが窓ぎわからぼくに訊《たず》ねる。

「わかりません。価値のある古文書じゃないでしょうか」

「きっと、いやらしいことが書いてあるのですわ」

「でも、これは羊皮紙ですよ。そんないやらしいようなつまらぬことをわざわざ羊皮紙に書いたりするでしょうか。これはもしかするとモオパッサンか誰かの書いた小説の原稿かもしれません」

「まあっ。文麿さんはモオパッサンなんかご覧になるの」毬子さんは眼をいからせた。

「ではやっぱり、いやらしいものではありませんか」

「毬子さんは家庭教師についてフランス語をならっておいででしたね」ぼくは彼女に羊皮紙の束をさし出した。「何が書いてあるかご覧になってみてください。そうすればいやらしいものかどうかがわかるじゃありませんか」

毬子さんは少し困った顔をしてから、また窓の外へ顔を向けた。「でも、いやらしいことが書いてあったら、わたし、困ってしまうわ」

しかたなく、ぼくは羊皮紙をもとに戻し、鍵をかけた。そして今度は毬子さんにことわることなく、鍵で、最後の、左端の抽出しをあけにかかった。

「今度は何が出てくるのでしょうね」

突然耳もとで毬子さんの声がしたのでぼくはびっくりし、振り返った。いつの間にかしのび足で傍まで寄ってきていたものらしい。毬子さんはぼくに見つめられるとまた顔を赤くして、自分の好奇心をちょっと恥じるように腰をかがめてきゃっ、きゃっと笑った。

抽出しの鍵穴に鍵をさしこもうとするぼくの耳たぶに、うしろで立っている毬子さんの、はっ、はっ、はっという息遣いがなまあたたかく感じられた。彼女は興奮しているのだなとぼくは思った。それでぼくも興奮した。抽出しの中には重くふくらんだ革の袋が入っていた。

「じゃらじゃらと音がしています」と、ぼくは袋の底を叩《たた》きあげながら言った。「これは金袋でしょうか」

「お金にまちがいありません」毬子さんの眼がきらきら輝き、そしてすこし少しうるんでいるようだった。「早くあけてご覧になって。まあ。早く見たいわ。見たいわ」

口紐《くちひも》をほどくと、革袋の中からは金貨が出てきた。三、四十枚はありそうだった。

「ほらご覧なさい。やっぱり貴重なものが出てきたじゃありませんか」

毬子さんは袋の中から金貨を一枚出し、手にとってじっと眺《なが》めた。

「やっぱり、ルイ十五世がこっそり隠しておかれたものだったのじゃないでしょうか」毬子さんが黙っているので、ぼくはそう言ってみた。

「いいえ。これはもっとあとの時代のものですわ。だってこれはナポレオン金貨ですから」

「えっ。ナポレオン金貨」ぼくはあらためて金貨を見つめた。「値打ちのあるものなのですか」

「たいへんな値打ちのあるものです。一枚だけでもたいしたものなのですから、それだけあればたいへんな財産になりましてよ」

「でも毬子さん。ここに彫られている数字をご覧なさい。たったの二十フランですよ」

「額面は二十フランでも、今となってはたいへんな値打ちなのです。そしてしかもそれは、まだまだ値打ちが出るのですわ」毬子さんはもどかしげにそう言ってから、持っていた一枚を袋に戻し、ぼくをじっと見つめた。「文麿さんはこのお金を、どうなさるおつもりですか」

「さあ。お父さまにお知らせしたら、お喜びにはなるでしょうが、商売のためにお金はいくらでも要るとおっしゃっておられましたから、すぐに売っておしまいになるのではないでしょうか」

「まあ。そうなの」毬子さんはちょっと残念そうに、悲しげな表情で言った。「お持ちになっていらした方がよろしいのに」

「このお金は、おそらくお祖父《じい》さまでさえご存じなかったお金ですし、持ち主だったフランス人が忘れるか死ぬかして売られてしまった簞笥《たんす》の抽出《ひきだ》しに入っていたお金で、つまりは誰のものでもありません。だから」ぼくはにっこり笑って毬子さんに言ってみた。「いっそのこと、ぼくと毬子さんとでこっそり半分こしましょうか」

「そんなことなさってはなりません」毬子さんは驚いて眼をいからせた。「第一あたくし、そんなものを頂いても困ってしまいますわ。そんな高価なものをこっそりしまっておくところなんて、わたしは知らないのですもの」

「ぼくが預っておいてあげてもよろしいですよ」

毬子さんはしばらく何か考えていたが、やがてにっこり笑ってぼくの肩に手をかけ、ぼくの顔をのぞきこんだ。彼女の眼が、また、きらきらときらめきはじめていた。

「とにかく、もと通りにしまってお置きあそばせ。そして、もし文麿さんがあたくしをお嫁さんにもらってくださるのなら、ふたりが結婚したとき、それはわたしたちふたりのものになるではありませんか」

ぼくは吃驚仰天《びっくりぎょうてん》した。「えっ。毬子さんはぼくのお嫁さんに来てくださるのですか」

「そうですわよ」

「本当ですか。ええと。もし本当ならぼくはたいへん嬉《うれ》しいのですが、あのう、ぼくと結婚してくださるのですね」

「しますわよ。しますわよ」

「約束ですよ」

「ええ。約束しましてよ」

しかしその約束は、結局守られなかった。

それから二年以上経《た》つ。ぼくは一高に進んだ。翌年軽井沢へやってきたとき、すでに毬子さんには婚約者がいるということをぼくは母から聞かされて知った。婚約者と散歩する毬子さんの姿を遠くから見たこともあった。婚約者は海軍士官の制服を着ていた。もちろん以前のように毬子さんがぼくのいる別荘へ遊びにやってくることもなくなってしまった。ナポレオン金貨よりも海軍士官の方が魅力的だったのだろう。

もうすぐ戦争が始まるという話を聞く。ぼくはあの海軍士官が戦争で死んでしまえばいいなと思っている。しかし、もし戦争になればぼくだって兵隊として召集されるかもしれないのだ。ぼくが戦争で死んでしまったら、そしてあの海軍士官も戦争で死んでしまったら、毬子さんは、そしてあのナポレオン金貨はどうなってしまうのだろう。

（「小説新潮」昭和六十三年十月号）

タマゴアゲハのいる里

対岸の灯火が湖に映えていた。こちらの湖岸は暗くて見えない。道路が湖岸に向かって下り坂になっているからでもあるのだろう。雑貨屋など小さな数軒の商店が両側にあるその道は、途中でふいと途切れているかのようだ。

「ここへ泊らない」と、妻が言った。

たしかに小さな紙の行灯《あんどん》にはお料理旅館と書いてあったが、その二階建ての日本家屋はとても旅館とは思えなかった。

「これ、ただの居酒屋か小料理屋じゃないのかな」

「だって、旅館って書いてあるし」

「書いてあるな」

「何か食べるだけでもいいじゃないの」

もう七時だった。おれたちは暖簾《のれん》をわけて店に入った。

片側に寿司《すし》屋のような白木のカウンターがあり、反対側には四人掛けの仕切られた席が二つあった。客はいなかった。店主らしい五十がらみの親爺《おやじ》が、和服の上から割《かっ》烹着《ぽうぎ》を着てカウンターの中で包丁を研《と》いでいた。

「いらっしゃい」嬉《うれ》しそうに、親爺が大声で言った。

おれたちはショルダーバッグをうしろの席の腰掛けにおろし、カウンターに向って、六つ七つある止まり木の中ほどに掛けた。

寿司屋というのは昔から日本にある。そして寿司屋には昔からこのようなカウンターがあった筈《はず》だ。時代劇の映画でも見ている。そしてその頃《ころ》、これをカウンターとは言わなかった筈なのだ。ではどう言ったのか。作家のくせにおれはそれを知らない。止まり木ということばはあったのだろうか。そもそもカウンターにしたって、本来は勘定台という意味だ。寿司屋の場面を小説で書こうとするたびに、いつも困ってしまう。年寄りの作家に訊《たず》ねたら教えてくれるのだろうが、若さを笑われそうで訊ねたことはない。そんな若さで小説など書こうというのが間違いだなどと言われたら確実に深く傷ついてしまうだろうからだ。

「いい魚があるよ」親爺がガラス・ケースの中を顎《あご》で差して言った。

「知らない魚が多いな」

「ここの湖で獲《と》れるやつが多いからね。ほとんど淡水魚だよ」

「じゃあ、おれたち、わからないから、適当に」

おれがそう言うと親爺はまた嬉しそうにうなずき、では何何と何何を刺身で、何何を酢の物で、何何を焼きましょうなどとひとり合点《がてん》し、調理しはじめた。昔は湖の漁師ででもあったのか、日焼けしていて目尻《めじり》の笑い皺《じわ》が深い。開けたままの入り口から、暖簾をゆらめかせて涼しい風が入ってきた。

魚の名前は、食べながらひとつひとつ聞いてメモしていくことにしよう。商売気を出してそんなことを考えていると、妻が親爺に訊ねた。

「ねえ。ここ、泊れるの」

「泊れるんだけど、奥のひと部屋だけでね。昨日から別の客が泊ってるんだよ」

「ひと部屋だけなの」

「このすぐ奥の十五畳で、だから広いんだけどね」

いくら広くても、ひと部屋ではしかたがない。

「だいたい、この辺に泊りがけでくる客なんて、滅多にいないからね」そう言ってから、親爺は顔をあげた。ほんの少し、狡猾《こうかつ》そうな顔になった。「なんなら、相部屋、頼んでみようか。今泊っている客に」

「わたしはいいけど」

妻がそう言ったので、おれはあわてた。「でも、こっちは夫婦づれだし」

「なに。向こうもアベックだよ」

「夫婦なの」

「どうかなあ」親爺が刺身の大皿を出しながら訊ねた。「お酒、どうしますね」

「じゃ、お銚子《ちょうし》を」

「二本ね」と、妻がつけ加えた。

「へい。お銚子二本ね」親爺が奥へ入っていった。酒をとりに行ったのかと思っていたら手ぶらで出てきて、にたにた笑いながら言った。「相部屋でもいいそうだよ」

「えっ。訊《き》いてきたの」おれはちょっとびっくりした。

「泊りましょうよ」と、妻が言った。「わたしもう、歩くの、疲れたわ」

駅に戻るにはまた二キロほど歩かなければならず、附近にタクシーなどはない。

「相部屋なんて、初めてだなあ」

「面白いじゃないの」

「じゃあ、そう願おうかな」

「大丈夫ですよ」親爺が言った。「気軽で真面目《まじめ》そうな、若い人たちだから」

刺身は旨《うま》かった。熱燗《あつかん》で酒が出て、おれたちは魚の名前をひとつひとつ訊きながら食べ続けた。次に焼魚が出た。どれもこれも、初めて名前を聞く魚ばかりだった。

「ごめんよね。料理の出来が遅くてさ。女房がいないもんだから」

「何。いいんだよ。泊れるとなりゃ、ゆっくり食べりゃいいんだから」

独身なのか、今日だけ主婦が留守なのか、わからなかった。おれたちはさらに酒を注文した。

「あのう、お酢の物がまだなんですけど」調子のいい食べっぷりの妻が遠慮なしに催促した。

「おっと。酢の物。酢の物」忘れていたらしい親爺が、土間のバケツの中から大きなイカを取り出して調理台に置いた。「こいつは夕方獲れたばかりでね」

「それはイカですね」

「そうだよ。ムスメイカって言うんだがね」

親爺はイカをカウンターに持ってきて、おれたちの前にずしっ、と置いた。「湖の傍《そば》の、岩穴の中にいるんだ。淡水のイカですよ。こいつは生のままブツ切りで酢の物にするといちばん旨い」

「ムスメイカ、って言うんですか」妻が不審げに訊ねた。

「うん。ここの模様と、ここのこの出っ張りを見なさい。女の子の顔のように見えるだろう」説明しながら親爺はイカの足を二本切りとって塩をふった。「とりあえず少しだけ、酢の物で食べてみてください」

そのイカは、腹部の模様と出っ張りによって、なるほど幼い女の子の顔をしているように見えた。そう思って見れば上部のふくらみが、おかっぱ頭のようでもあった。

「でも、ひどく不細工な女の子だね」と、おれは笑いながら言った。「色が黒くて、鼻がでかくて」

「あら。可愛《かわい》いわよ。眼《め》を閉じてるわね」

「それは眼じゃないよ」親爺が笑った。「眼のように見えるけど、模様だよ。ほんとの眼はもっと下にある」

イカはカウンターの上をずるずるとおれたちの方に這《は》いおりてきた。

「足を切られたから、なんだか恨めしそうな顔をしてるわ」

「顔じゃないよ。そこは腹なんだよ」親爺は酢の物の小鉢《こばち》をおれたちの前に置いた。「へい。酢の物。気に入ったらもっと作るよ。それがいちばん旨いんだが、口に合わないようなら湯掻《ゆが》いてから酢の物にしてあげるよ。煮てもいいしね」

イカが、カウンターに肱《ひじ》をついていた妻の二の腕に足を巻きつけてきた。イカにし

さ」
「足を、これ以上切らないでくれってお前に頼んでるんじゃないかな。痛いからって
ては長い足だった。
「あら。好かれちゃったわ」
娘の顔が、こころもち苦痛の表情をしているように見えたのだった。
「痛くなんかないさ。イカの足なんてものは切ってもまた、生えてくるんだもんな」
親爺はそう言ってから笑った。「まあ、生えてくるまでに全部食っちまうんだけど」
ムスメイカは悲しげに妻の顔を見あげた。身をくねらせていた。
酢の物は旨かった。しかし生なので、なかなか噛《か》み切れない。
「やっぱりちょっと、湯掻いてもらった方がいいみたい」と、妻も言った。
「じゃ、そうしましょう」
親爺がイカに手をのばしたが、そのムスメイカは妻の腕にしっかりくっついたまま
だった。
「おお。よしよし。お前、食べられたくないのね」妻は、四カ月前に流産したばかり
だった。
「しばらくそのままにして、くっつかせておいてやるかい」おれは笑いながら言った。

親爺は、イカをもぎ取ることをあきらめ、ほかの魚で酢の物を作りはじめた。「情を移すと、食えませんぜ」

イカの様子は、小さな女の子が妻に抱きついてうたた寝しているように見えた。

親爺の背後の棚《たな》に、紺絣《こんがすり》の着物を着た陶器の人形があることに気づき、おれは馬鹿《ばか》な遊びを思いついた。「その人形の着物を借りて、このムスメイカに着せてみようか」

親爺が笑った。「そりゃまあ、大きさはそいつにぴったりだね」

「可愛くなるわ」

親爺はにたにたしながら人形を丸はだかにし、紺絣の着物と赤い帯をおれに寄越《よこ》した。おれは妻の二の腕からイカをもぎ取り、着物を着せた。長いめの二本の手を筒袖《つつそで》に通し、残りの足を裾《すそ》にまわして、足の生えぎわを帯でくくった。

「まあいやだ」と妻が言った。「人間みたいだわ」

おれたちはげらげら笑った。おれは笑いながらそいつをまた妻の腕に抱きつかせた。背の高さ尺五寸ばかりの、顔だけが不釣合《ふつりあ》いに大きな女の子が妻に抱きついて眠っているようにしか見えなくなった。そうしていると妻は安らかな気分になるらしく、それが自然ででもあるかのように、また食べたり飲んだりしはじめた。

突然、イカは妻の手を離れ、水の中を泳いでいる時そのままにぴゅっと宙をとび、カウンターの足もとの床に張りついた。キイ、という小さな悲鳴が聞こえた。

「どうしたんだ」

おれは止まり木をおりて、イカを床からひっぺがした。イカは、両手とすべての足を使って一匹のネズミをかかえこんでいた。

「ひやあ。こいつ、ネズミをつかまえたぞ」

「いやねえ」と、妻は言った。

妻は農家の生まれなので、都会の女たちのようにネズミごときでキャアキャア騒ぎ立てたりはしない。

「食べてるの」

「食べてるよ」

ムスメイカは、ネズミを着物の裾から股《また》ぐらの奥へ突っ込むようにして食べていた。鋭い烏口《からすぐち》で骨を嚙むコリコリという軽い音がしていた。

「へええ。こいつ、ネズミをとるんだ」知らなかったらしく、親爺が感心した。

「岩穴の中にいるって言ってたね。だからきっと、魚だけじゃなく、ほかの小さな動物も食べてたんだよ」

「ああ。カニだとか」

「ネズミだって、いたかもしれないしね」

二階から階段をおりてくる、二、三人の足音がした。招き猫《ねこ》を置いている棚の上が階段の裏になっているらしく、招き猫がごとごとと揺れた。子供の足音のようだった。

「ちくしょう。子供ら。うるさいな」

「お子さん」と、妻が訊いた。

「三人いて、二階にいろと言ってあるんですがね。お客さんと仲よくなっちまって、すぐ座敷へ遊びに行くんですよ」

「お客さんって、何してるひとですか」おれが訊ねた。

「学生さんなのか、学者なのか、よくわからないけどね。昆虫《こんちゅう》を採集してるみたいだね」

「昆虫学者なのね。動物学者かな」

「ええと。ぼく、お茶漬《ちゃづけ》をもらえますか」おれは言った。「お漬物と」

「わたしも」

「茶漬、漬物。へい」

ムスメイカが、いつの間にか妻の二の腕に戻っていた。足で妻の腕に巻きついたまま、あどけない顔をして、筒袖から出した長い二本の手の先を重ねあわせ、妻の方にさし出していた。

「何してるんです。そいつ」親爺が気づいて言った。

「君に、何かやろうと言ってるみたいだね」

「あらまあ。へえ。わたしにプレゼントなのね」

そう言ってから、妻はさすがに悲鳴をあげた。ムスメイカが持っているのはネズミの首だった。

きゃあと叫んで、妻はムスメイカを振り払おうとしながら立ちあがり、イカをくっつけたまま店の外へ駈《か》け出ていった。きゃあ、きゃあ、と何度も道で叫んでいる。行ってやるほどのこともあるまいと思い、おれは笑いながら酒を飲み続けた。近くの店から出てきた人たちの笑い声も聞こえた。

妻が泣きそうな顔で駈け戻ってきた。「何とかしてよ。この子、わたしの首筋へネズミの首、入れようとするのよ」

ムスメイカは妻の服の襟首《えりくび》にまで這いあがっていた。

「仕様のないやつだ」

高下駄《たかげた》を鳴らし、包丁を持ってカウンターから出てきた親爺が、妻の襟首からムスメイカをひっぺがすと、カウンターの上で腹部をまっぷたつにした。女の子の顔の、ちょうど眼の上あたりから上が切断され、顔は尚《なお》さら恨めしげになった。

「あっ」妻はひどく驚いて、着物の下で手足を激しくのたくらせているムスメイカをしばらく見つめていたが、やがて顔色を変えた。「なんてことするの」彼女は泣き声で親爺を詰《なじ》った。「人殺し」

親爺は眼を丸くした。「奥さん。これはイカだ」

そうだった、と、一瞬にして正気をとり戻した妻は、それでも悲しげに女の子の顔を撫《な》でた。切断された楕円《だえん》の穴からは、どろどろした灰色の内臓が流れ出てきた。

「それも、食うと旨いんだけどね」横から親爺が言った。

「でも、ネズミの毛が混じってるよ」

「そうだね。じゃあ、食えませんな」

おれたちは茶漬を食う前にもう一本ずつ酒を飲みなおした。親爺は着物をまた人形に着せ、ムスメイカはバケツに捨ててしまった。

「ええと。勘定は」

「明日で結構ですがね。おひとり二千三百円になります」

「えっ。そんなに安いの」妻が言った。

安い、と言われて親爺は嬉しそうだった。

「で、宿泊代は」

「相部屋だから、ただにしときましょう」

「おいおい」親爺《おやじ》が調子に乗っていると思っておれは心配した。「大丈夫か」

「明日の朝の朝食は五百円です」親爺はたたみかけるように言った。「おふたりで千円。それで結構」

ふたりで泊って食事つきで五千六百円か。このあたりの相場なんだろうな。おれはそう思った。

「そろそろ、奥の部屋へご案内しましょうかね」

親爺がそう言ったとき、奥が騒がしくなった。子供の叫ぶ声がした。

「どうしたんだ」親爺がつぶやく。

ひらひらと美しい巨大な蝶《ちょう》が、奥から店の間に飛んできた。蝶は黒地に白と黄色の大きな楕円の入った羽をこまかくはためかせ、天井近くを飛んで、網代《あじろ》の天井にとまった。

「逃げたあ」

男の子二人と女の子一人が叫びながら店の間へ出てきた。みな、小学生の歳《とし》ごろに見えた。

「あそこだ。あそこだ」

「捕《と》ります。捕ります」捕虫網を持った黒縁眼鏡の若者が出てきた。

彼らが蝶をつかまえようとして店で騒ぐ間に、親爺に案内されておれたら夫婦は荷物を持ち、奥の暖簾《のれん》をわけ、階段の上がり口の横の土間を抜けて奥の間に入った。ほぼ正方形をした十五畳の座敷のいちばん奥に、ふたり分の布団《ふとん》が敷かれていて、ジーパン姿の若い女性がその上に座っていた。

「お邪魔しまあす」と、妻が言った。

「どうぞ」学生風の、そのジーパンの女性がうなずいた。

湖の方向に窓があったが、障子は閉まっていた。座敷には二畳分の板の間と一畳分の床の間があった。床の間の掛軸には、大瓢簞《ひょうたん》に寄りかかった李白《りはく》の絵が描かれていた。

親爺は押入れから布団を出し、座敷の中ほどにふたつ並べて敷いた。「部屋の真ん中になっちまうけど」

「いいですよ」と、おれは言った。

座敷のほかの隅《すみ》や壁際《かべぎわ》には、小簞笥《こだんす》だの鏡台だの長持だの屑籠《くずかご》だの煙草盆《たばこぼん》だのがごたごたと置かれていた。

また店の間が騒がしくなり、さっきの蝶がひらひらと天井近くを飛んで、座敷に入ってきた。あとから子供たちと黒縁眼鏡の若者が入ってきた。

「障子を閉めてくれ」と若者が子供たちに言った。

「へいへい」障子を閉めながら、親爺が子供たちを追い立てた。「こらこらこら。お前らもう、二階へ行け」

「綺麗《きれい》な蝶ですねえ」アベックふた組が座敷に残ると、早くも布団の上にべったり腰をおろしてしまった妻が、飛びまわる蝶を眼で追いながらそう言った。

「タマゴアゲハです」と、黒縁眼鏡の若者はジーパンの女性の傍に座りながら言った。「この辺にしかいないんですよ。それも滅多に」

「捕まえないんですか」

「綺麗だから、飛ばしておきましょう」と、男性が言った。

「わたしたち、国の許可を得てるから、捕ってもいいんです」今までに何度もひとから注意されたらしく、ジーパンの女性が早手まわしにそう説明した。

おれたちはしばらく、どこから来てどこへ行くかなど、何やかやと話しあった。彼らが夫婦かどうかは訊《き》かなかった。おれも、自分が作家だということは言わなかった。男同士が互いのつれの女性をちらちら見た結果、相手は知らず、おれはジーパン姿の女性を可愛いと思った。しかし、こういう際にたいていの男性が思うことをおれもまた思った。おれのつれあいの方が美しい。

「夜光虫を採集に、湖まで行ってきます」と男性が言って立ちあがった。

ジーパンの女性も立ちあがった。

「お気をつけて」と、妻が言った。

ふたりは捕虫網などを持って座敷を出ていったが、ほどなく女性だけが戻ってきた。布団の上に尻《しり》を据《す》えているおれたちの前にいったん膝《ひざ》をつくと、彼女ははきはきした口調でいささか事務的に言った。

「わたしたちはもう、今さっきそこで、したばかりなんですよね。それで、わたしたち湖に行ったら二時間ほど帰ってきませんので、その間に、もしなさるのでしたら、しておかれた方がいいと思います」

おれも妻もしばらくあっけにとられたが、そういう微妙なことを事務的に言うことで、気まずくなりそうな問題を解決していく生活スタイルをとっているのだろうと思い、おれは頭を下げた。

「へいへい。それはどうも、ご丁寧に」

ジーパンの女性が座敷を出ていった。

おれたちは布団に並んで横たわり、あいかわらず天井近くを飛ぶタマゴアゲハを眺《なが》め続けた。今の女性のことばに毒気を抜かれ、腰を抜かした状態だったのかもしれない。

やがて妻が、くすくす笑った。「ねえ。どうする。するの」

「今朝、したばかりだものなあ」

「そうよねえ。動物学者とか、昆虫やってるひとって、みんなああなのかしら」

「さあ」

タマゴアゲハは、おれたちのちょうど真上にある、三尺四方の紙の行灯《あんどん》にとまった。行灯の中には蛍光灯が入っていて、その明りによって、黒地だと思っていた羽の地色が美しい濃紺に透けて見えることがわかった。明りはまた、左右二枚の羽の、実物のタマゴ大のタマゴ模様も浮きあがらせた。

「まあ綺麗」と妻が叫んだ。

目玉のように、白い楕円の中に、黄色い円があり、その模様はタマゴの断面そのままだった。その美しさには、おれもうっとりした。

「綺麗だなあ」

やがて、黄身に相当する黄色い部分がより透明になってきて、その中で何かが蠢《うごめ》き出すように感じられはじめた。

「ねえ。何か動いていない」

「動いているね」

「ひよこが孵《かえ》るのかしら」

「そうかもしれないな。ほら。眼みたいなものが見えてきただろう」

「ほんとだ」

黄色い部分の中で、霧のような、靄《もや》のようなものがぐるぐるまわりはじめた。

「ねえ。これって、催眠術じゃないの」

「上からこのアゲハチョウの鱗粉《りんぷん》をだいぶ浴びた筈《はず》だからな」とおれは言った。「それに催眠効果があったのかもしれない」

「なんだか、眠くなって、あそこへ吸いこまれて行くみたい」

疲れと酒の酔いで、手足がとろとろと痺《しび》れはじめ、妻の声が次第に遠くなっていく。

「そうだね。おれたちを眠らせようとしているのかもしれない」

しばらくしてから、なかば眠っている声で妻が言った。「わたしたち、あの中で生まれ変わるのかもしれないわね」


（「オール讀物」平成四年五月号）

九死虫

八たびの死を死に、いよいよ九度めの、最後の死を迎えるにあたって、わが九死虫類の同胞の中で、九たびの死と九たびの生をいかに全《まっと》うすべきかに悩む者たちのため、何かの指針となればさいわいと思い、これを書き残すことにした。

と、いっても、何もおれが他の九死虫に比べて特別すばらしい生死を全うしてきたというわけでは決してない。それどころかそれはどちらかといえばぶきっちょともいえる生きかた、死にかたであったと言えるだろう。九度めの死の到来をひたすら恐れ、先送りにしようとけんめいに試みた結果は失敗の連続であって、より早く幾たびもの死に遭遇してしまい、たちまちのうちにこうして九度めの死を目前にしてしまったのだった。

つまりこれは、恥かしやわが失敗談なのである。そして最後の死を恐れるあまり、このようなつまらぬ失敗をしてはならぬと言い残す、いわば恥さらしな告白による教訓なのだと思ってほしい。さらにはまたわが子孫に残す家訓じみた遺言とも言えるだろう。

しかしおかしなことだ。おれはまだ八度めの死から蘇《よみがえ》ったばかり。ただ一度の生しか許されていない他の生き物ならば今生まれたばかりの生の初期なのである。なのにさっそく遺言とは。

わが九死虫類より二万年も前、今は絶滅した、かの人間なる高等生物もまた、ただ一度の生を生き、一回死ねばはいそれまでよという、まことに哀れな、現在われらを取り巻いているあの多くの、われわれよりもずっと下等な生きもの同様の運命を背負っておったようだ。して見れば彼らはわれら以上にその再生なき死を恐れ、死を避けることにけんめいであった筈《はず》と思えるのだが、豈《あに》はからんや考古学によればそれはさほどでもなかったようなのである。今に残るさまざまな資料を総合するに、彼らは生にさほどの執着はなかったらしく、比較的淡淡として死んで行ったらしいのである。それどころか、われらの中にも時おり見かける如《ごと》き自ら死にたがっているとしか思えぬような死にかたをしていった者さえ、通時的に多数見られたという。これはまことに不思議なことであるが、ここでその考察をする必要はあるまい。

おれが第一回めの生を生まれた時、おれを生んだ者らはすぐおれに、われわれにはたった九たびの生しか許されていないということや、九回めに死んだらもうそれっきりであることを教えてくれた。なんと理不尽なことだと思い、おれは驚愕《きょうがく》したのだが、それでもただ一度の生しか与えられていない他の生きものに比べたら、はるかに神から優遇されているのだということであった。なんでも神は、知能の割合にからだが弱く天敵も多いわれらの種を哀れんで、それだけの生を授けてくれたのだそうである。たった九回しか再生できないのでは、ずいぶんからだに気を配って生きなければならない。できるだけ死なないようにするにはどうすればよいのか。おれはおれを生んだ者らや何回か死んだ経験者にそれを訊《たず》ねてまわったが、どうやら誰もがそれに関した知識、それに類する知恵などを聞いたり語ったりすることを恥かしく思っているようであり、はかばかしい答えを得ることはできなかった。たまに教えてくれてもそれはただの健康法や栄養学であり、食うか食われるかといったきびしい状況下における生き残り法ではなかったのである。

それでもひとつだけ、七回死んだやつから聞かされた教訓だけは心に残った。からだがばらばらになるような死にかたと、巨獣や巨鳥や巨魚に丸呑《まるの》みにされることだけは避けたがいいという教訓だ。なるほどからだがばらばらであっては再生させるにも神が困られようし、巨獣、巨鳥、巨魚の腹の中で何度再生しようが苦痛が連続して七《しち》転八倒《てんばっとう》のうちたちまちにして最終の死にいたるだけであり、詮《せん》ないことだ。

具合の悪いことにはおれが生まれてすぐ歴史に残る例のチクチク戦争が始まった。大戦争であり、おれたち若い者はほとんどが狩り出され、チクチクの大平原に送りこまれた。さて、ここがいかに生き残るか思案のしどころとばかり、おれはけんめいに考えた。戦いが始まってすぐ、後方へ逃げ出した者が指揮の老虫らによって殺されてしまうのを目撃したおれは、これはもう、たとえ嘘《うそ》でも戦うふりだけはしていないと一死は免《まぬか》れぬと知り、武器をとり、殺戮《さつりく》の場へと駈《か》け出た。

われわれの仲間には時おり、とてつもなくでかいからだをした化りもののような者が生まれる。こういうやつは戦いに出ても滅多に殺されないから英雄となる。おれは味方のうちにこうした英雄を見つけ、そいつの巨大な体軀《たいく》のうしろにかくれて戦塵《せんじん》の中を前進することにした。ところが敵の中には、英雄をつけ狙《ねら》うやつがいた。今から考えれば、英雄を殺せばそれは功績となり、偉くなって、以後戦争には出ずにすむだろうからという考えによるものであったらしい。もちろんまともに向かっていって敵《かな》う相手ではないから、うしろから近づいていって叩《たた》き殺そうとするわけである。おれは英雄のうしろにいたがため、たちまちにしてうしろからやってきた敵に、英雄よりもさきに叩き殺されてしまった。

殺されたという自覚はなかった。ぱっと意識が途絶えてそれっきりだ。自分はすでに一回殺されてしまったのだということがわかったのは、これはあきらかな再生の感覚とともに意識をとり戻したときである。再生の感覚は、よく風呂《ふろ》に入った者が「蘇ったようだ」というあの通りの、肉体の活力の新鮮な目ざめを自覚する快い感覚だが、それも、自分は一回殺されたのだという苦い自覚の下ではなかば失われてしまう。自分が「殺された」とか「死んだ」とかをあとで知るのは実にいやな心持ちのものだ。その点、一回しか死なない連中はそうした体験をしなくてすむから幸福である。

再生は場合によって異るが、死んでから早くて半日、長くて一昼夜である。おれはその夜、戦場の死体置場で再生した。おれが再生した時はまだ周囲にたくさんの死体があったが、あの中には九度めの死によってもはや再生不能の死体もあったのだろう。再生しかかっていながら首がないため蠢《うごめ》いているだけの者もいて、はなはだ不気味なことであった。

チクチク戦争では前後三回の死を死んだ。次の日の戦いでは英雄の前を進んだため、邪魔だとばかり英雄に叩き殺された。考えることが単純だと笑わないでもらいたいものである。まだ経験不足で単純な考えしか浮かばなかったのだ。三度めの生ではさすがに、生き残るためには逆に死を恐れぬ度胸が必要であるというやや深い考えに到《いた》った。そこで勇敢に戦い、敵の英雄を倒そうとした。たちまちにして殺されてしまった。自分の虚弱なからだを顧みていなかったからだ。

戦争が続けばもっと殺されていたに違いないが、さいわいにしてあの戦争はそこで終った。もちろんその後も小さな戦争はちょくちょく起っているが、おれは三度も死んでいるということで出陣を免除された。最初立て続けに三度も死ぬような戦争に出くわしたということは不幸であったが、以後戦争に出なくてすんだことは幸運といえよう。

おれとは逆に、八回も生まれ変わることができるのだからと思い、初期の生のうちに無茶をやる者がたくさんいる。あれには賛成できない。無茶ばかりやっていると八回などはまたたく間であるし、おだやかに生きようとしている者の迷惑にもなる。おれは無茶をやらなかった。仲間うちの義務としてみんなで天敵と戦うとき以外は危険なことをいっさいしなかった。天敵にやられたことは一度もない。無茶をするやつが殺された。

それでも四度めの死の原因は、少しばかり無茶をしたためかも知れん。好きな虫ができたのだった。美しい雌《めす》の虫だった。おれはのぼせあがった。なんとかこの雌に自分の子供を生ませたいと思った。だが何しろあたりの虫の中でもいちばん美しい雌なので、強い雄《おす》ばかり五匹が常に取り巻いていて、交尾の際は彼女の上に五匹がしがみつく。これを近くで見ていてとうとう矢も楯《たて》もたまらなくなり、おれも彼女に抱きついていった。たちまち雄たちに嚙《か》み殺されてしまった。身のほど知らずめというわけだ。嚙み殺されてもまだ懲《こ》りず、再生して五度めの生を生きながらおれはさらに彼女に近づく機会をうかがっていた。うぬぼれがあり、彼女はあの強いだけの、馬鹿《ばか》な雄どもから交尾されることを嫌《きら》っているに違いないと思っていたのだ。自分のように頭のいい虫を好いていてくれるに違いないと思っていたのだ。いかに彼女が美しいとはいえ、交尾を終えたあとはさすがに五匹の雄もぐったりして、しばらくは雌に近づかない。その隙《すき》に近づこうとしたのだった。直後では雌だって疲れているだろうからと思い、しばらく様子を見てから近寄り、背後から抱きついていった。

われわれは本来刺す虫ではなくて嚙む虫だが、雌には産卵管がある。あいつでぐさりとやられてしまった。死ぬことはなかったが、大怪我《おおけが》だった。ほかの虫たちといっしょにかかっていった方がまだしも可能性はあったのかもしれん。おれみたいに貧弱な雄ただ一匹にたかられるのは彼女の誇りが許さなかったのだろう。おれの頭のよさなど彼女が何とも思っていないということも、おれは思い知らされたのだった。つまり彼女もまた馬鹿だったのである。これはおれにとっていい教訓になった。で、おれは保身のため、想像することにした。頭がよいなら、理想的な、頭がよくて美しい雌を想像することは簡単にできる。さらにまた、自分に釣《つ》り合った貧弱な雌にその想像を当て嵌《は》めることもできる。頭のいい貧弱な雄には想像力が生まれ、それ故《ゆえ》にますます頭がよくなるのではないかと思う。強い雄は想像する必要がない。だからますます馬鹿になるのだ。

この五度めの生が、おれの生の中ではいちばん長く続いた。皮膚が固くなって、老虫に近いところまでいったからである。ところがそのせいで、おれには余計な疑問が生まれてきた。こんなふうに、ただひたすら死ぬのが怖いということしか考えず、安《あん》穏《のん》に、穏便にとびくびくびくびく、泣き虫の、弱虫の、臆病虫《おくびょうむし》の生を生きたとして、それで本当に生きてきたと言えるのか。死ぬことを忘れて生きない限り、ほんとに生きたといえる生は生きられないのではないのだろうか。

そう思うと、持ち前の想像力でこれをもっと深く考え、理論づけ、そして書かずにいられなくなるのがおれの性分だ。おれは索敵《さくてき》、集餌《しゅうじ》、保水、検畜《けんちく》といった集団活動から離れてひとり自分の住まいにこもり、執筆活動に入った。そうすること自身、非常に危険なことであった。集団活動は義務づけられてはいなかったものの、単独の趣味に走ることは好ましくないという制度があったし、執筆内容が生の意味を考えるといった反制度的なものであったからだ。しかしおれが殺されたのはただ単に、虚弱な虫のくせに偉そうな難しいものを書いているという附近の虫どもの反感によるものだった。

大勢の無神経で馬鹿な雄どもが住まいに闖入《ちんにゅう》してきて、おれは嚙み殺された。あの嚙み殺されるというのは何度やられても実にいやなものである。発狂しそうな痛みの中、その痛みのせいでせっかく失いかけた意識が何度も戻る。あの苦痛の中では自分の考えてきた生の意味なんてものはどこかへけし飛んでしまって、どんな生でもいいから何ごともなくひたすら生きているだけの方がどれだけよいかをひしひしと思い知らされてしまうのだ。

ここのところはしっかりと認識しておいてほしいのだが、われわれはたしかに、たとえ老虫となってから死んでも若い姿となって蘇る。虚弱だった者は虚弱なままで、巨大であった者は巨大な姿で。そしてこれは当然、そうでなければ再生の意味がなくなるのだが、死んだ時の知識と感情を保ったままで蘇るのである。いいことずくめのようであるが、注意すべきは環境にも変化はないということだ。反社会的な行為によって死に至り、蘇ったとしても、周囲はその者の前世における反社会的行為を記憶していて、当の者の性格がもとのままであることも知っている。環境は出発点に戻らないのである。その他の悪業《あくごう》なども帳消しにはならない。いかに八度の再生が可能であるからといって、社会性を無視した行為は次の生、次の次の生にまで影響を及ぼすのだ。いい例がこのおれだ。

五度めの死から蘇った六度めの生の中でおれは後悔した。なんと最終の死までにはあと三度の死しか残されていないのである。もう二度とものを書くなどという思いあがった行為はやめよう。たとえ自分の考えが正しく、反社会的な行為とは思っていなくても、これからは何をするにもまず右を見、左を見、ほかの者がどう思うか、ほかの者の目からはどう見えるかをよく考えてから行動しよう。いやいや。できればもう、何もするまい。それがいちばんいいのだ。

だが、そんな決心をしたところで制度の側には通じない。おれの五度めの死によって、おれがあとに残したおれの書いたものを、すでに多くの者が読んでしまっていた。おれはあらためて制度からの罰をうけねばならなかった。火刑だ。

火刑は、苦痛のない死をあたえても懲りないだろうというので考え出された刑罰である。その苦痛は言語に絶する。こんな苦痛がこの世にあるのなら、もう再生さえしたくないと思うほどの苦痛である。火刑に遭った者が、再生したのち痴呆《ちほう》になったり、一日中何もしないでごろごろして種族のお邪魔虫になったりするのは、処刑されたショックによるものである。おれは痴呆にもお邪魔虫にもならなかった。そうなればなったでまた憎まれるであろうことを想像できる知能があったからだ。

生まれ変るという観念は、人間も想像の裡《うち》に持っていたようである。ただしそれは通常、時と場所を隔てての生まれ変りであったようだ。合理的であり、なるほど真の生まれ変りとはすべからくそうであるべきだろう。われわれ九死虫の如く死んだ場所で蘇りその社会や環境も同じ、つまり世界はまったく変らず姿かたち性格も基本としてもとのままでは、存在論的には生まれ変ったなどと言えないのであり、何度再生しようがよほど性格ががらりと変化でもしない限り同一社会の中で同一の者がさほど違うことをする筈はなく、一度も死なずにその制度の中で生き続けているのとたいして変らない。しかしこれ以上時と場所を隔てて再生させてくれなどと神にねだるのは高望みであろう。まったく違う世界からやってきた者の寄り合い所帯など混乱の極みで収拾がつくまいし、神とてその割り振りや人口を均衡させるための処理のややこしさに困られよう。

さて、いかに火刑の際もう再生したくないと思ったとはいえ、再生してしまいさえすればやはり生はありがたく、その火刑の苦しみを思い出すことのできる生はよきものであり、生きていればこそ思い出すのである。おれは前世以上にひたすら安穏に、穏便にと心がけた上、ほかの虫からも好かれようとつとめた。考えてみればなんと、もはや七度めの生なのである。あとがない。あとがない。

このころになってやっと、おれは子孫への執着心にめざめた。子孫というのはいつまでも生き続けるおのれの分身だ。おのれが死んでもこの世におのれの痕跡《こんせき》を背負って生き続けてくれる存在だ。大切にしなくてはならない。おれにはすでに前世以来の息子虫、娘虫が二十数匹いたから、彼らに心を遣い、彼らを保護することにつとめた。

しかしおれは彼らに気を遣いすぎたようだ。別の意味で彼らのお邪魔虫になってしまったのだった。何かやりたくてしかたのない彼らに向かって口うるさくあれするな、これするなの説教は、彼らにおれへの殺意を抱かせてしまったのである。なんと前世で制度側から火刑にされたばかりのおれが、彼らにとっては制度側の虫になってしまっていたのだった。あいつがいる限り何もできない。われわれが何かしようとしてあいつのいうことをきかなければ、あいつは制度側に垂れ込んでまでわれわれの行動を阻止しようとするに違いない。あいつはそういうやつである。殺してしまえ。

かくておれは、なさけなやわが子虫にまで殺されてしまった。彼らのことを思えばこその教訓が仇《あだ》となり、ついに七度めの死を迎えることになった。今こうして同胞子孫のためわが体験を紙に記しているのも、ことばでうるさく言ったがために怒りを買った苦い経験があればこそである。ことばでは聞く耳持たなくても、書いたものであればいつかは必ず誰かが読むであろうし、以前書いたものとは違ってこれなら制度側にも迎え入れられ、必読の書として推薦されぬものでもない。ともかく、目立つようなことは何もするなという教訓の書なのであるから。

さて、八度めの生を迎えたおれに関してだが、いかなる虫といえど八度めの生を迎えた者には世間の風評がまといつく。しかも同時期に最初の生を得た者の大半はすでに最後の死を迎えてこの世にない。まだ生きている者はさまざまな体験を持つがゆえに海千山千と思われて注目を浴び続け、これが老いぼれなら誰も問題にしないのだがあいにく肉体的には壮健で、何をしでかすことやら誰にも予想がつかぬとあっては一目置かれざるを得ないのである。みんながおれに注目しはじめた。ながいこと生きてきて知恵がない筈《はず》はなく聾でもないのに何を聞かされてもただにこにこ笑っているだけの虫というのはなんとなく頼りにされ、たまに何か口にするとそれに重大な意味が付与されてご神託みたいに口から口へと伝わり、広まっていく。またしてもはなはだ危険なことになりそうだったが今度は事態が勝手に進行した。

最近のことゆえ知ってもいようが、あの時は身分制度に関して指導者から三下まで二派に分かれた者らが争った。おれは勿論《もちろん》どちらにも味方しなかったのだが、黙っているうち二派の者はそれぞれおれのことを自派に都合よく解釈して、一方がおれを頭に祀《まつ》りあげようとすれば他方もまた統領にかつぎ出そうとする。ここまでくると成り行きまかせではかえって危険だ。おれはぎりぎりまで様子をうかがっていてから勝つにきまっている側についた。おれがついたがゆえに他の多くの派やその指導者もこちらにつき、わが派の勝利は約束されたこととなり、反対派は不満分子ということになった。騒ぎがもちあがった。例のヘラヘラ騒動だ。

ヘラヘラ山にたてこもった約十二万がわが派の四十万を迎え撃った。反対派十二万は軍隊として組織された者たちではなかったから戦いはいい加減なもので、逃亡者や寝返りが続出し、やがて四散した。かくしておれは彼ら敗残兵に四六時中いのちをつけ狙われることとなり、死ぬほどおびえる毎日が続き、ついにある晩自宅で刺され、八度めの死を死んだのだった。

九度めの生を得て、つくづく思うことがある。最初に述べたかの人間なる高等動物があまり生に執着しなかったのは、死ぬことを一度も体験しなかったからではなかろうか。たった一度の死であっては、せいぜい他者の死を体験するだけで自己の死は体験できないからである。それゆえ死の恐ろしさを、われわれで言うなら最終の死の恐ろしさをよく認識できなかったのではないか。なにしろ最終の死たるや、その死の体験を思い返すことすらできないという絶対的な、無茶苦茶な、不条理きわまる死なのであるが、彼ら人間はそれを知らず、何度かの死によってもうあとがないのだと感じるあの感じを一度も味わうことがなかったのだ。

おれのように弱虫の泣き虫の臆病虫の、時にはお邪魔虫になったりもする、ひたすら死におびえた九生を送ってきたような者を、おそらくかの人間どもは「いのちを惜しむ奴《やつ》」として軽蔑《けいべつ》するであろうが、しかしこれだけは知っておいてもらいたい。われわれ動物の行動に意義があるかどうかは、それによってその動物が生き残れるかどうかが判断の基準となるのだ。その動物が生き残るための邪魔になり、生き残る助けにならぬような行動はすべて、誤った行動なのだ。つまりは政治的、経済的、科学的、文化的なほとんどの行動は誤りであるということだ。われわれはこのことを、二万年前に絶滅した人間によって教えられてきたのではなかったか。彼らが絶滅したのはまさにこれが原因であった。つまり彼らは種として生き残ることよりも、精神的充足に重きを置くという、動物としての決定的誤りを犯したのである。

死ぬのは苦しく、そして痛く、そして何よりもつらい。神はそれを予測させるためにこそわれわれに、痛みや苦しみを感じる能力をあたえ、死ぬときはもっともっと苦しくて痛いのだからお前らせいぜい死なぬように気をつけろと教えてくれているのだ。その教えをないがしろにしてはならない。まして八度の死を体験することのできるわれわれであれば尚《なお》さらその教えを身にしみて知り、八死の上は九死に　生を得ることだけを心がけて生きなくてはなるまい。

それを今わが九死虫類の中で最もひしひしと感じているのはこのおれだろう。何しろあと一回の死で死ぬのであり、その一回の死を死ねば、そのあとの生はなく死もないのだ。この恐ろしさがわからぬやつ、わかろうとしないやつ、わからぬふりをするやつ、わかりたがらないやつは馬鹿だ。大馬鹿だ。死の恐ろしさを忘れようとして精神的充足を求めるやつも馬鹿だ。宗教が、学問が、文化が、おれたちの死を取り消しにしてくれるだろうか。それらの頂点をきわめたとして、おれたちが神になれるとでもいうのか。そんなものはすべて、死ねばなくなってしまう。まず死の恐ろしさをよく認識し、死なないようにし、どんな思想も文化も、すべてはそこから出発しなければならない。

周囲の者、何生も前からの知りあい、昔交尾した雌、時にはわが子、そうした者が次つぎに死んでいくのを見ているうちに、いつしかおのれにも死ぬ覚悟ができていくものだなどとも言うが、とんでもないことだ。死んで行く者を見るたびにおぞ気をふるい、ますます死が恐ろしくなり、とても覚悟なんかできるものではない。おれは今、おっかない。誰かがくればおっかない。音がすればおっかない。なぜ誰もおっかなくないのか不思議でならない。死ねばこんなおっかなさを感じなくてすむのだと思うとそれがまたおっかない。おっかなさどころか何も感じないのだから、こんなおっかない話はないのだ。何かに腹を立てて自分で死ぬ馬鹿がいるが、こいつらは無知ゆえに、死ほど腹立たしいものはほかにないということを知らないのだ。

誰も来ない山に逃げようかとも思うが、そこには別の死の危険がある。居場所わきまえずに襲いかかってくるのが死というものであって、こんなに恐ろしいものはない。家に閉じこもっていてすら今までに二度死んでいる。したがってどうしようもないくらい恐ろしく、おそらく最終の死を迎える時はとんでもない恐ろしさであろうと思えばそれがまたとんでもなく恐ろしくてわっと叫んでしまう。ひっそりとうす闇《やみ》の中にいて死を考え続けていると尻《しり》の方から腰へかけてじいんと底冷えのする痺《しび》れが這《は》いあがってくる。便所へも行けない。便所にも死は待っている。

笑うやつもいるだろう。しかしこれこそが死を恐れる者の姿なのである。死を恐れて生きることだけが、これこそが真の生き方なのだ。便所に待つ死にとりつかれて便所の死をとげた多くの虫のことを思い起さずしてなんとしようか。風呂《ふろ》にも死はいる。

風呂の死をとげた多くの虫。風呂の死はおっかない。便所や風呂のうしろにあるものは一瞬にしての闇だ。いいや。闇ではない。虚無だ。生きている者がことばだけで知っている虚無だ。いいや。虚無なんて、死んだ者にだってわからない。わかるわけがない。死んでいるのだから。だから虚無なんてないのだ。死があるだけだ。その死だって死んだ者にはわからないのだ。わっ。おっかないのだ。最終の死を死んだおれの豪勢な弔《とむら》いをおれ自身がなぜ見られないのか。け、け、け、怪《け》しからんではないか。無意味だ。無意味だ。

ひらひらと死が招いている。おれはうっとりと眼《め》を閉じて瞬間ごとに思う。今は、まだ生きている。そして今は、まだ生きている。それから今は。おおありがたや。まだ生きている。生きて生きて生きている。まだ生きている。まだ生きている。

ほらほらほらほら黄色い窓が開いた。ムラサキのミミズクがあけた嘴《くちばし》の赤い赤い赤い菱《ひし》形《がた》。おっかない友達。廊下を歩けば下から雌の魚が首を出している。白い白い魚の黄色い眼が広場を映して。みんな親しい知りあいで、みんなで毒くずれの青草をよく嚙《か》んで嚙んで食べた。倒れてくるまわりの木。胸かきむしる樹《き》。冷たい土に狂う死んだ虫。欲にまみれたあのあやしい歌。ふらふらと腹の中に食い込んでくる曲りくねった針金の舞曲。そのみんなの前の高い高いところから、落ちる落ちる。燃えさかる。蠟《ろう》蠟蠟蠟蠟燭《そく》蠟燭蠟燭蠟燭の火みたいに。導火線みたいに火がついたおれおれおれの触角。今死ぬ子供。風化した子供。バタバタバタバタと戸が倒れて倒れて倒れてその彼方《かなた》の主観。真白けの存在。かんからかんの存在。夜は夜もすがら吐血の仮面。死後の死語は私語の死後の死語の私語の死後の。

（「新潮」平成二年六月号）

秒読み

交代は〇七・〇〇時である。

徹夜勤務を終えておれは司令室を出た。われわれ佐官級の将校のためには基地内に入浴と仮眠のできる個室がある。だが、勿論《もちろん》おれはすぐ自宅に帰る。ただしシャワーを浴びてからである。車を運転して帰るのだから、頭だけは眠気で混濁《こんだく》していてはならない。

エレベーター・ホールに向かっていたおれは突然、個室階の廊下にまったく人がいないことと、物音ひとつ聞こえてこない静寂に気づいた。朝とはいえ、いや、朝ならば尚《なお》さらのこと、これほど静まり返っているのは珍しい。シャワーを浴びている間に何かあったのかと想像し、おれはまたいつものあの不安に襲われた。そうとも。例の、あの不安だ。

ちょっと緊張してエレベーター・ホールへ入ると、同僚のモーリスが地下司令室直行のエレベーターの前に立っていた。シャワー・ルームのタイルのような顔色をしていた。

「何があった」おれは悲鳴に近い声を出した。

「〇七・三四時より秒読みが始まるんだ」ロボットのような口調で彼は言った。「立ち合わなきゃいけない」

急速におれの下腹部が冷えた。胃が重くなり、嘔吐感《おうとかん》がこみあげた。「おれは勤務を終えたばかりだ」

「それはよかったな」彼は冷たくそう言ってエレベーターに乗りこんだ。

他に誰もいないエレベーターの中から、モーリスはおれを振り返った。「しかし、こうなると、どちらがいいかわからんな」

ドアが閉まった。おれはホールにとり残された。

その通りだ、と、おれは思った。軍人なら、世界が壊滅する状況をつまびらかに観察できる場に立ち合って死ぬのが最も望ましい死にかただ。家庭での愁嘆場《しゅうたんば》にも居合わせなくてすむ。核戦争というのは、死そのものよりも人類すべてが死に到《いた》るまでのその経過や個個人の苦悩、社会の混乱に形容し難いほどの厭《いと》わしさがある。その点司令室にいれば、そこには従来の戦争とさほど変らぬ冷静さがあることによって錯覚が生じ、自分を含めた四十八億人の死を客観視できる上、何よりも気が紛《まぎ》れるのだ。

こうなればどういういきさつで最終戦争に到ったのかを知ってもしかたがないし、われわれには知りようがない。基地内の者にも直接の関係者以外には秒読みが始まるのを知らせたりはしない。秒読み準備の警報が建物内に響きわたったりしないのもそのためだ。

まだエレベーターのボタンを押していないことに気がついた。こうなれば家に戻り、妻と一緒に死を待つしかない。妻と一緒にだと。全人類と一緒にだ。なんてことだ。ついに始まってしまった。もうとりかえしはきかない。そうとも。どれだけ知恵をしぼってもとりかえしのきかないものがある。こいつがそうだ。誰だ。始めやがったやつは。

息子はボストンの大学にいる。大学院生なのだ。電話で話すか。だが何を話す。そもそも、妻にだって真実を教えぬ方がいいのではなかろうか。政府はこれを発表するだろうか。社会的混乱が起るだけだからというので発表しない方がいいと判断するかもしれない。シェルター。ふん。そんなものが何の役に立つ。

エレベーターが来た。誰も乗っていなかった。ガレージ階のボタンを押す。時計を見ると〇七・二六時だった。〇七・三〇時には基地正門前から職員用の通勤バスが出る。職員住宅地行きの退勤バスだ。おれはいそいで一階のボタンを押した。

　どうする気だ。何も知らぬ夜勤明けの下級職員と一緒に、のんびりとバスに乗って帰るつもりか。おれは自分のしようとしていることの馬鹿《ばか》ばかしさに、いささかあきれた。何故《なぜ》だ。なぜそんなことをする。

　そうか。あの時の異常な体験を思い出したのだな。無駄《むだ》なことだ。悪あがきだ。過去に戻るなんてことができてたまるものか。よせよせ。しかし万が一ということもある。唯一《ゆいいつ》の頼みの綱だ。綱などというものではない。蚕《かいこ》の糸だ。はかない望みだ。

　二年前のことだった。車が故障したので、やはり夜勤明けのその口、おれは初めて軍の基地職員用バスで帰宅したのである。バスは尉官《いかん》級の職員を二十名ほど乗せて基地周辺の荒涼とした草原の中を走り、やがてこのあたりでは珍しい針葉樹の森に入った。昔、おれが住んでいた田舎町《いなかまち》の周囲にあったような針葉樹の森だ。いつも車をすっ飛ばして通過する小さな森だが、バスに揺られて通るのは初めてであり、おれは突然少年時代に戻ったような気になった。そうだ。おれは毎日バスに揺られ、森を通ったのだ。バスの窓から流れこんでくる糸杉《いとすぎ》の香りの懐《なつ》かしさに思わず眼を閉じ、深呼吸した時、おれの中にはスクール・バスでハイスクールへ通っていた口の頃《ころ》の思い出がさらに鮮明に蘇《よみがえ》った。ハイスクールは針葉樹の森の中にあったのだ。

眼を開けると木立の彼方《かなた》にハイスクールの建物がある。クリーム色の三階建て。時計塔もある。バスの中を見まわすと、懐かしい同級生のあの顔この顔。フレディ、キャシイ、ロバート、ジョウン、痩《や》せた方のロバート、そしてミルドレッド。

馬鹿な。あわてて正気に戻ろうとし、眼を激しくしばたたき頭を振ると過去は消える。幻覚だ。おれはそう呟《つぶや》いた。周囲にいるのは基地の職員たち。バスは森から抜け出ようとしている。だが、その日の体験はいつまでも心に残った。あれは本当の過去だったのではないか。あのままノスタルジアに浸り続けていたら、過去はそのまま過去となり、おれは四十年前のあの日に戻ることができたのではないだろうか。

一階のホールは平常通りだった。一応軍人ばかりだから附近にいる者はすべて無表情であり、佇《たたず》んだり話しこんだりしている者はなく、きびきびした態度で玄関を出入りしている。警備の者や受付の女性将校も含めて誰と誰が現在の状況を知っているのか、判断のしようはない。おれは建物を出ると基地のゲートに向かった。五十人乗りのバスがゲートの彼方で警笛を鳴らした。おれは片手をあげて小走りに走った。ゲートの警備をしている顔見知りの若い将校がちょっと不審そうにおれを見てからあわてて敬礼した。

バスにはやはり二十人余がすでに乗り込んでいた。おれの部下にあたる数人があちこちから笑顔で目礼し、その他の何人かが見馴《みな》れぬおれを怪訝《けげん》そうに見つめた。おれは片手をあげてわざと陽気に礼を返し、以前腰かけたあたりに空席を見つけ、窓際《まどぎわ》のその席に腰をおろした。バスはすぐ発車した。〇七・三〇時。秒読み開始まではあと四分だ。

　過去に戻れるなど、常識ではまったく考えられないことだ。だがおれはそれを試みようとしている。すぐ家に帰らず、成功の望みのかくも薄いことを試みる理由は、おそらく妻の苦悩を見まいとしてであろうし、何かしようとすることによって少しでも目前の死を直視しまいとしているからだ。伸びきらぬうちに枯れてしまうらしい短い枯草ばかりの荒原をじっと見つめておれはそう自省する。あと四、五分で森だ。

　馬鹿だなあ。もし過去へ行けたとしても、最終戦争を回避し世界の破滅を救うことはできないぞ。四十年経《た》ったらこれはまた必ず起るんだからな。たとえお前自身は四十年生きのびてもう九十何歳かになっているかくたばっているかしているであろうとしてもだ。それともお前は自分の能力でこいつを回避させ得るとでも思っているのか。おれは思わず身もだえて小さく呻《うめ》いた。彼方に森が見える。それは近づいてくる。さあ。やる気ならそろそろ心の準備をしろ。秒読み開始の時間だが、そんなことは考えるな。懐郷《かいきょう》の念に浸れ。少年時代の自分に感情移入しろ。

車内に青緑色が映えて糸杉の香りが満ちた。思春期の想《おも》いを誘発するその色とその香りにおれは包まれる。最初の授業は数学だ。バニラの香りのチューインガム。野球の試合と汗。女生徒たちが顔を近づけ話しかけてくる時のあの甘い吐息。おれは眼を閉じる。今、スクール・バスに乗っているのだ。もうすぐ森の中の小径《こみち》を右へ曲がるぞ。すると窓からはハイスクールの建物が見える。

突然、戻ったという確信があった。あの時と同じ確信だ。ある一定の場所が過去への遡《そ》行《こう》を可能にするのだろう。でなければどうして、このように動顚《どうてん》している時に感情移入や意志の統一ができるものか。そうとも。場の作用だ。おれは戻った。四十年前へ戻ったのだ。

眼を開くと木立の彼方にハイスクールの建物。クリーム色をしている。時計塔もある。間違いないぞ。母校だ。振り返ると同級生の群れだ。騒いでいる。

「ヘイ。ボブ。どうした」うしろの席のロバートが話しかけてくる。「なんだよう。その顔」

瞬間、おれには自己喪失感《そうしつかん》があった。おれは何者だ。それではおれは五十歳台なかばのボブ・ギャレット大佐ではなく、ティーン・エイジャーのボブ少年になってしまったのか。ロバートがボブと呼びかけるからにはそうなのだろう。あの時代、ハイスクールの学生たちが粋《いき》がって教科書やノートをベルトで十文字に締めたものが、昔穿《は》いていたブルーのズボンの膝《ひざ》に乗っている。そうか。おれの肉体は少年時代の肉体に戻ったのだ。なぜなら、五十歳台なかばの肉体で過去に戻れば、そのおれは過去に存在したおれと二重に存在することになる。時間の遡行はおれにその矛盾を犯させぬよう、五十歳台なかばの意識だけを少年の肉体に宿らせたのだ。

「なんでもないさ」おれはロバートにそう答えた。

大人びた振舞いや言いかたをしてはならないことに、まず、気がついた。あの頃のおれの振舞いや言葉づかいを思い出し、それを演じ切ることができるかどうか、それがまず第一の疑問だった。

うしろの席ではキャシイを中心に女生徒たちが映画の話に興じている。この時代、娯楽の王者は映画であった。

「すごいのよね。ヴィヴィアン・リイがあんな役をやるなんて。だって最後、発狂しちゃうんだもの」

「あの新人、なんていったかしら」

「マーロン・ブランドでしょ。わたし大好きよ」と、これはあきらかにキャシイの声だ。彼女はこれ以後ずっと、マーロン・ブランドの熱狂的ファンであり続けたのだ。

「でも、わたしは嫌《きら》いよ。あんな動物的な男性」

「あら、あれは役柄《やくがら》じゃないの。本当はとても知性的じゃないかと思うわ」

間違いない。ワーナー映画「欲望という名の電車」を語っているのだ。はて。あの映画は何年だっけ。おれも映画は好きだが、題名から製作年度を思い出すほどのマニヤではない。

そうだ。マッカーシー旋風が吹き荒れて、ハリウッドでも赤狩りがあったのだ。一九四九年、一九五〇年あたりが激しかった。すでに共産党を脱党していた監督のエリヤ・カザンも、かつての同志だった仲間の名をあげて彼らを売り、エドワード・ドミトリクなどと共に国家に忠誠を誓わされた。その痛みを自らにより深く味わわせるようにして彼は名作「欲望という名の電車」を作ったのだ。「裸の町」を作ったばかりのジュールス・ダッシンが赤狩りでヨーロッパへ逃亡したのがたしか一九五〇年。ジョセフ・ロージイの追放がたしか一九五二年。ジョセフ・ロージイが非米活動委員会に呼び出された時、彼は「拳銃《けんじゅう》を売る男」の撮影をしていた。「拳銃を売る男」は「欲望という名の電車」と同じ年の製作だ。それは憶《おぼ》えている。だとすると今はおそらく一九五二年だ。

一九五二年。朝鮮戦争はまだ終っていない。朝鮮戦線で負傷した父親が退役将校として帰国したのは去年だ。今はきっと、家にいるだろう。晩婚だった彼が戦傷の悪化のため四十八歳で死ぬのは今年のクリスマス・イヴなのだから。

父親が生きている。おれは眼を丸くした。そうだ。当然母親も生きている。今日、家に帰れば会えるのだ。なんてことだ。過去に戻るということは死者も蘇っているということではないか。では一方、秒読みが始まっている未来のおれの存在はどうなったのだ。意識はここにあるとして、五十歳台のボブ・ギャレット大佐の肉体は。そしてモーリスたち同僚は。おれの妻は。今ごろは他の次元の宇宙で核戦争が起っているのか。いやいや。そいつは考え方として不合理だぞ。

数学の授業中、おれはそのことを考え続けた。懐かしや禿《はげ》のコッパード先生の授業は二次方程式で黒板には $ax^2+bx+c=0$ と書かれている。当時ですら満点の成績だったおれにとっては児戯《じぎ》に等しく、何を考えていようが名指しで質問されてもすらすら答えられるような問題ばかりが扱われている。

こう考えることはできないだろうか。これより未来はおれの記憶だけを残して消滅したのだと。そう考えぬ限り五十歳台のボブ・ギャレット大佐の意識の行方が合理的に説明できなくなる。ではボブ少年の意識はどこへ行ったのか。ここにある。現在のおれの意識の中に包含されているのだ。つまりこれより先の未来はすべてボブ少年の夢であったのだと、そう考えることが唯一、単純にして合理的な解釈ではないのか。スクール・バスの中で、おれは眼醒《めざ》めたのだ。夢の記憶をすべて知識として貯《たくわ》えたまま。

午前中、失策はなかった。同級生たちとなるべく話さないようにしたからだ。一度だけ、廊下で「レット・イット・ビー」を口ずさんでしまい、あわてて周囲を見まわしたが誰も聞いていなかった。ビートルズには十年も早いのだ。

「ボブ」昼休みにフレディが近づいてきておれに言った。おどおどしていた。「君がさあ、女にまったく興味がないってことは知ってるんだけどさあ。でも、一度シンディに会いに行ってやってくれないかなあ」

下級ハイスクールの三年め、義務教育最後の年。思い出した。このフレディはあのシンディの従兄《いとこ》だったのだ。

シンディは美少女だった。どうやらおれが好きだったらしいのだ。おれも好きだった。中年になってから以後、おれにはしきりと彼女のことが思い出されてならなかったものだ。あんなに美しくて、あんなに好きだった子に、どうしておれはあんなに、そっけなくしたんだろう。病気で、彼女はながい間学校を休んだ。それっきり彼女に会わなかった。彼女はあれからどうしたのだったろう。病気で死んだのだろうか。なんの病気だったのだろう。おれは一度も見舞いに行かなかった。恥かしくもあったのだろうが、実は試験勉強にけんめいだったのだ。勉強ということを見舞いに行かない理由にし、自分を納得させていたふしもある。

「悪いのかい。シンディ」

「え。うん。ああ、相当悪いみたいだ。君が行ってくれると、彼女は元気づくと思うよ。治っちまうかもしれない」フレディがうわ眼でおれを見た。「だってその、シンディは、君が好きみたいだから」

彼女の両親に頼まれたな、と、おれは思った。フレディは自分の役目を、あきらかに厭《いや》がっていた。当然だ。これは女の子の役目だった。

「あのう、君が士官学校へ入ろうとして、勉強してるってことは、シンディもよく知ってるんだよ。だけど」

「行くよ」と、おれは言った。「今日、帰りに寄るよ」

「本当かい」フレディが眼を丸くした。

いかん、と、おれは思った。ガリ勉で堅物のボブ・ギャレット少年が、こんなに簡単に、女の子を見舞いに行く、などと言ってはいけなかったのだ。

「今日は、ぼく、バスケットボールの練習を休むんだ」おれはいそいでそう言った。

「ちょっと足を痛めてるからね。だからどうせ、早く帰るんだ。帰りみち、シンディの家へ寄るよ」

「ありがとう。喜ぶよ」

午後は歴史の授業だった。若いキングズフォード先生。担任だ。のちにこの学校の校長になる。宗教改革の意味について質問された。立ちあがってなんとか答えたが、間違ってはいなかったものの、どうやら教科書やキングズフォード先生の教えたこととはだいぶかけ離れた返事をしたらしい。先生はじろりとおれを睨《にら》んだ。また失策だ。五十歳台なかばの知識でもって無理に答えようとしない方がいいのだ。わからないと言えばよかったのである。おれは歴史は不得手だったのだから。

あとで何か言われるぞ、と思った通り、授業が終ってからキングズフォード先生はおれを教壇に呼び寄せて訊《たず》ねた。「どうかね。士官学校へ行くための勉強は、ちゃんとしてるんだろうな」

「父は、ぼくを士官学校へ行かせることに決めてるようなんですけど」と、おれは言った。「でも、まだ考える時間はありますから」

同じ人生はやりたくない、と、この時間へ戻ってきて以来半日、おれはそう思い続けていたのだ。その決心は早いめに、誰かれなしに表明しておいた方がよさそうだった。

キングズフォード先生は、またおれを睨んだ。「軍人には、なりたくないのか」

おれはなるべく幼く聞こえるような喋《しゃべ》りかたをした。「やっぱり、そのう、軍人になると、戦争で、人を殺したりしなきゃいけないことがありますし」

しまった。また余計なことを言ってしまった。キングズフォード先生は眼を丸くしておれを見た。それから警戒するような顔つきをした。まだベトナムに派兵されていないこの時代、赤狩りのこの時代、反戦的言辞がいちばん警戒された時代だったのだ。

しかしさすがにキングズフォード先生だった。咎《とが》めようとはせず、ちょっと考えてから軽くたしなめた。「軍人は、この国には、必要なんだよ」

「はい」おれは頷《うなず》いた。「よく、考えてみます」

行きかけたおれを、先生はまた呼びとめ、なかばひとりごととも思える口調で詠嘆的に言った。「君は急に、おとなっぽくなったなあ」

おれはこのキングズフォード氏のよさを発見した。「以前」には気づかなかったよさだ。これがこの時間にやってきたおれの有利さのひとつであろう。認識不足であった多くの事象の認識。さらに、これから何が起るかという、この時間に初めて生きている他の連中が知らないことをほんの少し知っていること。だが、それが秒読み開始を阻止するための何かの役に立つのだろうか。

なんてことだ。おれにとって、もう秒読みは始まっているではないか。一分後であろうと四十年後であろうと、秒読みののちの「GO」の合図が確定していることをその人間が知っているとすれば、秒読みは始まっているのだ。ただ、一分よりも四十年の方が、ほんの僅《わず》かではあるがそれを阻止できる可能性が大きいというに過ぎない。

最後の授業が終ったあと、ひとのちょっとした言動には限りなく敏感な、痩せて背の高い方のロバートがおれに声をかけてきた。「ボブ。気分、悪いのか」

おれはちょっと驚いた。と同時に、午前中からずっと、このロバートがおれにしばしば不審の眼を向けていた理由がのみこめた。「なぜだい」

「なんだか、動くのがひどく億劫《おっくう》そうだからさ」

ちょうどよかったと思い、おれはロバートに言った。「足を痛めてるんだ。今日、練習休みたいんだけど」ロバートはバスケットボールの仲間だった。

「じゃあ、コーチにそう言っといてやるよ。試合までには治しとけよ」

「ああ、試合までには治るよ」

いかに軍人とはいえ、やはり年をとると動きは眼に見えて鈍くなるものらしい。しかし今おれの肉体は少年なのだ。おれは改めて少年の動作をなぞりかえさねばならない。しかもそれにはさほど苦労を要することなく、むしろその方が自然なのである。ながら年の習慣から、椅子《いす》からどっこいしょなどと立ちあがってはならず、荷物を重そうに持って歩いてはならない。椅子からはとびあがるように立たねばならず、荷物は振りまわしながら歩かねばならないのだ。それはいずれ、意識せずして出来るようになるだろう。

帰ろうとして校舎を出ると水呑《の》み場でニックがランニング・シューズを洗っていた。同学年であり、学年一の大男だが、おれはこいつと仲が悪かった。彼はおれに気づいて顔をそらし、あさっての方を向いた。そうだ。こいつとは卒業間近になってから壮烈な殴りあいをしたのだっけ。のちのち後輩の間で語り草となった伝説的殴りあいであり、えんえん四十五分とやらの長時間の殴りあいだ。勿論《もちろん》おれが負けた。しかし何が原因なのか、はっきりしない喧嘩《けんか》だった。在学中の数年にわたる反目が爆発したのであったろうが、そもそもその反目、お互いの敵意というのが、まったくなんの理由もなく燃やし続けた敵意であった。

あんなひどい殴りあいは二度とごめんだ、そう思い、おれはニックに近づいていって声をかけた。「やあ。ニック」

ニックはおれを見ずに頷いた。「やあ」

「お互いに、誤解があるみたいだな」大人びた言いかたであることに気づいて、言ってしまってからどきりとした。

「ほう。そうかね」ニックがおれをじろりと見た。眼が白く光っていた。

四十歳も年上である。こういう場合の言いかたに窮することはないが、それをいかに少年らしい言いまわしで喋るかがむずかしいのだ。「なんで君と仲が悪くなったのか、ぼく、考えてみたんだよ」

ニックは鼻を鳴らした。「それで」

「考えてみたら、いちばん最初、君がぼくの悪口を言っているといって、ぼくのところへ告げ口に来たやつがいた」

ニックは何か思いあたった様子で顔をあげ、校庭のひと隅《すみ》を見つめた。

「もしかすると」と、おれは言ってみた。「君に告げ口したやつと同じやつかもしれんと思うんだ」

あれはウォルター・ブレアの性質《たち》の悪い巧妙なたくらみであった、と気がついたのは、実は卒業してから数年後のことであったのだが。

ニックはやっとおれの顔へまともに顔を向け、口もとをゆるめた。「おそらくそうだろうな」

「ただ、まあ、それだけじゃなくて、他にもいろいろあったけど」

「ああ。他にもいろいろあったな。だけど」と、ニックは言った。「あれはみんな、つまらんことだ」

「ああ。つまらんことだ」

おれたちはしばらく黙っていた。おれはニックが靴《くつ》を洗う様子を横で見ていた。

「キャロル・リードの『第三の男』って映画が来るらしいな」と、ニックが言った。

そうだ。反目する以前、おれはこのニックと一緒によく映画を見に行ったものだった。しかも子供向きでない映画をだ。高級な映画は子供っぽい他の同級生と行っても面白くない。このニックと行かねば面白くなかったのである。ニックと仲が悪くなってからはひとりで出かけたものだが、やはり面白くなかった。

「あれはいい映画らしいぜ」と、おれは言った。「いつか、一緒に行こうや」

「うん」ニックは靴を洗い終った。「ところで、あいつはどうする」

「あいつって」

「ウォルター・ブレアのことだ。ぶん殴るかい」

「殴ってもつまらないよ」おれはゆっくりとかぶりを振った。「それよりも、君とぼくが仲良くしてるのを見せつけて、おびえさせた方が面白い」

ニックは笑ってから、お前の言う通りだといってうなずいた。

この調子だ、と、帰りのスクール・バスの中でおれは思った。二度めの人生で一度めの失敗をひとつずつ、ひとつずつ、解決していけばいい。しかし同じ調子でやすやすと核戦争の阻止が出来るなどと思ったら大間違いだ。問題がでか過ぎる。目算はあるのか。お前にそれができるのか。

そもそもおれは、何故軍人になどなったのだ。すべては将校である父の影響だったのか。父の教育方針に従っただけだったのか。おそらくそうだろう。レールは敷かれていたのだ。実際には、少年としてはさほど好戦的でなく、映画の好きなロマンチストであり、他方では母の情操教育も素直に受け入れていた。性格はむしろ母親に似ていたのだ。戦争や軍人を嫌《きら》う気持は父に抑圧され、芽生えることもなかった。だとすれば今度こそ、自分に向いた人生が送れるのではなかろうか。平和主義者としての人生が。

自分がおりるべき、わが家に近い街かどではバスをおりず、そのまま乗り過ごしてシンディの家の前でおりた。玄関にはシンディの母が出てきて眼を丸くした。

「ボブ」たちまち、眼に涙を浮かべた。「よく来てくれたわね。女の子の家へ見舞いに来るなんて、いやだったんでしょ。でも、来てくれたのね。シンディはとてもあなたに」

　声が出なくなり、彼女は黙っておれを家に入れ、二階を指した。精神年齢五十歳台なかばのおれとしては、この家へ来るのにさほど勇気を要したわけではない。だが、おれはわざと恥かしそうにし、彼女には何も言わぬことにした。

　彼女に従ってシンディの寝室に入ると、シンディは窓際《まどぎわ》のベッドに上半身を起して裏庭を見おろしていた。振り向いた彼女の、なんと華やかな笑顔であろう。おれは身ぶるいした。シンディは実際にも、これほど可愛《かわい》かったのだ。記憶の中で美化しただけではなかったのだ。おれが、このおれが、なんと、こんな美しい少女に恋されていたとは。

　シンディの母親は部屋を出て行った。シンディはしばらく無言、おれも無言だった。おれたちは笑顔で見つめあった。この少女を妻にしなければ、と、おれは思った。もう、現在の妻のことはどうでもよくなっていた。現在だと。今ごろカリフォルニアの農園では九歳になるひとりの少女がまっ黒に日焼けして仔馬《こうま》に乗り、駈《か》けまわっているだろう。それがおれの妻だ。しかしおれは彼女のことなど、今はまったく知らないのが本来なのである。このシンディという少女の病気がなんであれ、それは治るだろう。そして彼女はおれの妻になるだろう。それがこの新しい世界での、おれが作るべき筋書きだ。

「もっと早く来るつもりだったんだけど」と、おれは言った。今のおれの本当の気持だった。「でも、ちょっと恥かしくてさ」

シンディは笑顔のまま、そしておれを見つめたまま、大きくうなずいた。「わかってるわ」

愛の告白めいたことばを口にしようとして、おれは自分が気おくれしていることに気がついた。おれはびっくりした。ひやあ。なんてことだ。おれは気おくれしているぞ。相手は十五歳の少女ではないか。感情まで少年に戻っちまったんじゃないだろうな。

「ねえ。そんなとこに立ってないで」と、シンディは言って、ベッドの端を叩《たた》いた。「こっちへいらっしゃいよ」

おやおや。まるで子供扱いではないか。しかし、自分が寝ているベッドの端に男をすわらせるなど、それこそが性的警戒心に乏しい十五歳の少女なればこその行為であろう。おれはそう思い、勇気をふるって彼女のベッドに近づき、その端に腰をおろした。そうなのだ。おれは勇気をふるわなければならなかった。それはまるでシンディが、そうした意味をよく心得ている大人の女性のように思えたからであり、自分の少年の肉体と、それに伴う少年の生理を意識しはじめたからでもあった。

「ちっとも、病気みたいじゃないじゃないか」と、おれは言った。そして、なんと、おれは彼女よりも優位に立とうとして厚かましくもこう言ったのだった。「前よりも綺麗《きれい》だしさ」

シンディはちょっと眼を見ひらいてから、小さくありがと、と言ってまた庭を見おろした。何か考えこんでいた。やがて彼女は何か思いついたかのように、笑顔でおれの方を向いた。大人っぽい笑顔であったが、あきらかに、作った笑顔だった。

「わたし、あなたが好きなのよ」

大人の恋愛ごっこを真似《まね》ていた。おれより優位に立とうとし、姉さんぶった口調にまぎらせて、しかも本心からの愛の告白をしたのだ。芝居か。芝居なら楽だ、と、おれは思い、間髪《かんはつ》をいれずに言い返した。

「ぼくもだよ」

おれたちは眼を見つめあった。さきに眼をそむけた方が子供であり、大根役者だということになる。だが、おれはすぐ、見つめあうことに耐えられなくなった。シンディの純真な瞳《ひとみ》で心の底を覗《のぞ》かれているような気がしはじめていた。これはいかん。本来の精神年齢を思い出せ。ここはひとつ年齢相応の厚かましさと無神経さで彼女を圧倒しなければならぬ。彼女に愛の烙印《らくいん》を押して、もはやおれを忘れられなくするのだ。さあ早くしろ。それこそ、赤児《あかご》の手をねじるようなものではないか。

おれはゆっくりと両手をのばし、彼女の両肩を柔らかくつかんで引き寄せた。彼女の顔におびえが走った。だが、すぐに眼を閉じ、身をまかせようとするかのように肩の力を抜いた。おれは彼女の唇《くちびる》に接吻《せっぷん》した。

シンディとのキスは甘く、柔らかく、そして若草の香りがした。その芳《かぐわ》しい接吻、その快楽を、おれは勿論できるだけながく続けようとした。だが、できなかった。

おれはいそいで彼女から身をひきはなした。なんてことだ。おれは完全に少年の生理に戻っていた。感情さえも。肉体の変化が極端であり、おれはそれを彼女に知られたくなかった。動悸《どうき》が激しかった。そうだ。たかが接吻でそうなってしまったのだ。おれの顔はまっ赤である筈《はず》だった。それは醜い顔に違いなかった。少年らしい罪悪感があった。もうどうしようもない。おれはボブ少年の行動に身を委《ゆだ》ねるしかなかった。それが自然なのだから。

「あの、もう」おれは口ごもりながら立ちあがった。「ぼく、帰るよ」

少年の突発的な行動の連続に、シンディが驚いていることは確かだった。二重人格に見られようがどうしようが、ここは逃げ出した方がいい。両方のおれによる結論だ。

おれはただただ恥かしかったのだ。

「また来てくれるんでしょう」

すがるような声。ドアの手前で振り返ればすがるような眼があった。おれは何十年かぶりに自分のながい手足をもてあましていた。どう答えていいかわからないのだ。

「やっぱり、ぼく、まだ」

そんなことを言ってからおれはシンディの部屋を走り出て、階段を駈けおりた。やっぱり、まだ、どうなのか。何を言わんとしたのか。おれにはわからなかった。あきらかにボブ少年が口走ったことばだった。おれはついに、身心共に十五歳の少年になってしまったのか。台所にいるらしいシンディの母親に声もかけず、おれは彼女の家を駈け出た。

けだるさを感じる筈の午後の陽光があった。だが、おれは躍如としていた。町の通りを歩かず、裏通りを走り抜けた。野原を突っ切るのがわが家への近道だ。柵《さく》を跳び越えた。軽がると跳び越えることができた。シンディとキスをすることができた。嬉《うれ》しい。からだ中に熱い血が沸《わ》き返っていた。少年の血だ。少年の嗅覚《きゅうかく》、少年の視覚があった。次第に思考までが少年のそれに戻っていく。当然のことだ。大脳とて生理系の一部だからボブ少年の内面の統一のためには平衡をとらねばならない。知覚現象は生理過程に並行する。思考もそれに左右される。だがそのためにボブ・ギャレット大佐の記憶まで失うことになりはしまいか。なんのためにこの時代に戻ったのか、その重大な使命まで忘れてしまうのではないか。そんなことになったら大変だぞ。そんなことになったら。そう思いながら走り続けた。走り続けるのをやめた方がいいかもしれないと思ったが、やめられなかった。少年の行動に身をまかせていると尚《なお》さらボブ・ギャレット大佐の記憶が早く失われてしまうのでは。おお。ボブ・ギャレット大佐。そうなのだ。ぼくはなんと、大佐だったのだ。ではぼくは、士官学校にみごと入学できたんだ。あっ。でも今度は軍人になってはいけない。ぼくには別の使命があるのだ。その使命を忘れないようにしなくちゃ。そうだ。使命を忘れてしまわないうちに、誰かれなしにぼくの決意を示しておかなくてはならない。今のうちにだ。父さんが生きているうちにだ。そうだ。父さんはもうすぐ死ぬんだ。でもぼくにはシンディがいる。あの美しいシンディがぼくのお嫁さんになるんだ。それはもう、きっと、決められていることなのだ。大佐であった時のぼくも、きっとシンディと結婚していたに違いない。あっ。気をつけろ。このあたりに野井戸があるぞ。おとどしぼくは一度落ちたんだ。ああ。なんて軽がると跳べるんだろう。まるで野兎《のうさぎ》だ。なんて早く走れるんだろう。狼《おおかみ》になったみたいだ。ちっとも疲れない。ぼくは生気にあふれている。

なんてすばらしいんだろう。大佐のことを忘れてしまいそうだ。核戦争だって。原子爆弾による戦争のことだろうか。その戦争でほんとに世界が破滅するんだろうか。もしそうだったら大変だなあ。食いとめなくちゃ。そんなことが本当にぼくにできるのだろうか。家が見えてきた。大きな樫《かし》の木のあるぼくの家の裏庭だ。ぼくの家の裏口だ。父さんがポーチに出て揺り椅子に腰かけている。懐《なつ》かしいなあ。なぜこんなに懐かしいんだろう。父さんには毎日会ってるのに。

「早いじゃないか」ポーチにあがっていくぼくを、あいかわらずにこりともせずに見ながら、父さんが言った。

「うん。バスケットボールの練習に出なかったもんだから」ぼくはそう言って、台所の外壁にくっついているベンチに腰かけた。

「むう」父さんは、ちょっと不機嫌《ふきげん》そうに唸《うな》った。それから、しばらく黙っていた。ぼくに何か言うとき、父さんは言いかたを考えるために必ず、しばらく黙るのだ。

やがて、父さんはいった。「士官学校の試験が難しいことは確かだが、学科の成績ばかりが問題ではないんだからな。やはり身体を鍛えておかなくてはならん。受験勉強のために、運動をなおざりにしてはいないだろうな」

「そんなこと、ないよ」ぼくはそう答えた。それから、何か言わなければならないこ

と に気がついた。

そうだ。なぜかぼくは、軍人になる気をまったくなくしてしまっているのだ。なぜだかわからない。しかし、今ここで軍人にはなりたくないと父さんに言うわけにはいかないだろう。父さんが怒り出すに決まっているからだ。でも、父さんにぼくの決意を示し、そして父さんが怒らない言いかたをぼくは何故か、前から知っていた。まるで誰かがぼくのかわりに考えていてくれたかのように。そしてそれは、どうしても言わなければならないことなのだ。

「ねえ父さん」と、ぼくは訊《たず》ねた。「アメリカの大統領になるには、どうすればいいの」

（「野性時代」昭和五十九年十月号）

北極王

これは夏休みの宿題の作文です。

宿題は「夏休みの旅行」という作文を書いてくることでした。

加納君はおかあさんとハワイへ行ってきたそうです。

それどころか藤森さんは、ハワイよりももっと遠いカナダへ、家族で行ってきたそうです。

でもぼくは、おとうさんもおかあさんもいないので、どこへもつれていってもらえませんでした。

ぼくのおとうさんとおかあさんは、ぼくが四歳のときに交通事故で死にました。だからぼくはずっと、おばあさんといっしょにくらしています。

みんなは、ぼくがどこへも旅行しなかったために、宿題の作文が書けないだろうといって、ぼくをばかにしようと思っています。

ところが、ぼくだってちゃんと、旅行してきたのです。

ひとりで行ってきたのです。

これは本当です。

どこへ行ってきたかというと、ハワイよりも、カナダよりも、もっともっと遠いところです。

それは、北極です。

ぜったいに、嘘《うそ》ではありません。

どうしてひとりでそんな遠いところまで行くことができたかというと、それは北極の王さまから、招待の手紙がきたからです。

それは、こんな手紙でした。

「宇野和博《かずひろ》君。

お元気ですか。

おばあさんは元気ですか。

最近は物価も税金も高くなって、困りますね。

夏休み、和博君はどこへも行かないことだろうと思います。

でも、それだと宿題の作文を書くのに困るでしょう。

そこで君を、北極へ招待します。

北極は、とてもいいところです。

ぜひ、来てください。

電車賃の心配はいりません。電車の切符を入れておきましたから、これを使ってください。

待っています。


北極王」


ぼくはさっそくその手紙を、おばあさんに見せました。

おばあさんはとても喜んで、次の日は、朝早くから起きて、おべんとうを作ってくれました。

「北極は寒いところだから、下着を持ってお行き」おばあさんはそう言って、鞄《かばん》に下着とおべんとうを入れてくれました。

お金も、千円もらいました。

八月十六日(金)の朝、ぼくは鞄を持って北極へ出発しました。

家を出て、学校へ行くのとは反対に、お菓子の巴屋《ともえや》さんのかどを曲がって、八幡前《はちまんまえ》商店街を通って、さくら美容室の前を通って、鷹巣《たかす》八幡の駅前に出ました。

改札口の駅員のおじさんに、北極王からもらった切符を見せました。

駅員のおじさんは切符を見てびっくりして「ほほう。ひとりで北極まで行くのかい。えらいなあ」と言いました。

プラットホームでしばらく待っていると、萩《はぎ》手落合行きの電車がきました。

電車にはたくさんの人が乗っていて、みんな、ぼくがひとりで北極まで行くということを聞くと「えらいえらい」と口ぐちにほめてくれました。

電車は神都川の鉄橋を渡って、東津雲町や八軒坂上などの駅に停《と》まって、萩手落合につきました。

そこで乗りかえです。ぼくは駅員さんに聞いて、別の電車に乗りかえました。

その電車にも、たくさんの人が乗っていましたが、ぼくは座ることができました。

電車は田んぼや畑や村や、森や林や、大きな町や海岸や、山や原っぱや、鉄橋やトンネルを、いくつもいくつも、かぞえきれないくらいたくさんたくさん通って、どんどんどんどん走って行きました。

電車は、北へ、北へと走っているようでした。

日本の北の端は、北海道です。

ぼくは電車で、北海道につきました。

北海道の駅で駅員さんに聞きますと、北海道の北はソ連の国で、そこからはソ連の電車に乗らないと、それ以上北へは行けないということでした。

また駅員さんは、日本の国とソ連の国とは今までに仲が悪かったり、戦争をしたり、国を取ったり、友達になったり、今はまあ、友達のままなんだけど、そのほかにも、かぞえきれないくらいいろいろなことがあって、それはもうひと口では言えないくらい、ややこしいややこしいことがいっぱいあった国だから、それで日本の電車がソ連の国に入って行くことができないのだと教えてくれました。

それでぼくは、北海道の駅からソ連の入り口まで、歩いていかなければなりませんでした。

ソ連の入り口は、日本の出口になっています。

ぼくは北海道駅の駅員さんに教わった通りに、駅前にある北海道商店街の中を、北へ北へと歩いて行きました。

やがて日本の終点に来ました。

そこには天福寺の山門くらい大きな、ソ連の入り口の門が立っていて、ソ連の入り口だということがソ連語で書いてありました。

ぼくはその門をくぐって、ソ連の国に入りました。

そこからはしばらく、ソ連商店街が続いています。その中をぼくは、北へ北へと歩いて行きました。

そのうちにお昼になりました。

ぼくはおなかがすいたので、この前おばあさんと天福寺に行ったとき、天福寺商店街の中の更科《さらしな》に入っておべんとうを食べたようにして、ソ連商店街の中にある更科に入って、うどんを注文して、それといっしょにおべんとうを食べました。

食べ終わると、うどん代七十円を払って、また商店街をどんどん北へ北へと歩いて行きました。

すると、ソ連駅前に出ました。ぼくはソ連駅の駅員さんに切符を見せて、また電車に乗りました。

ソ連の電車はどんどんどんどん、北へ北へと走りました。

田んぼや畑や村や、森や林や、大きな町や海岸や、山や原っぱや、鉄橋やトンネルを、いくつもいくつも、かぞえきれないくらいたくさんたくさん通って、どんどんどんどん走って行きました。

そして電車はとうとう、北極の駅につきました。

北極はとても寒かったので、ぼくは北極駅を出たところで下着を着ました。

北極の駅前の、屋台のラーメン屋さんのおじさんに、北極王の家をたずねますと、ラーメン屋さんは親切に教えてくれました。

ぼくはラーメン屋さんに教わった通り、北極商店街の中をどんどん歩いて行きました。

商店街の中の道にはシロクマや、ペンギン鳥や、オットセイがいっぱい、歩きまわっていました。

それから、氷山も立っていました。

商店街から出て、区民会館のところを右へ行って、七軒目の建て売り住宅が北極王の家です。

とても綺麗《きれい》な、新しい、ちゃんとガレージのついた建て売り住宅でした。

窓ガラスも、一枚も割れていません。

玄関のボタンを押すと、北極王の奥さんが出てきました。

いつもの白いズボンをはいて、笑いながら出てきました。

とても綺麗な人でした。

「たったひとりで、よく来たわねえ。えらいわ」北極王の奥さんはそう言って、ぼくを家の中に入れてくれました。

家の中には、友達の家のどこにも負けないくらいの、広い広い食堂がありました。

そこには、北極王がいたのです。

北極王は背の高い、眼鏡をかけた、やさしい人で、いつものようににこにこ笑って、ビールを飲んでいました。

北極王は、ちょうど今、会社から帰ってきたばかりだったのです。

ぼくはきちんと挨拶《あいさつ》をして、北極王と、北極王の奥さんに、学校のことや、おばあさんのことや、そのほかにもいろいろなことを話しました。

ぼくにおとうさんとおかあさんがいないので、友達からばかにされていることも話しました。

北極王はたいへん怒って、「そんなやつらは、わしが行って、みんなぶち殺してやる」と、叫びました。

そのほかにも楽しい話をして、三人で笑いました。

北極王は、とても面白くて、お話しのうまい人でした。

そのうちに夜になってきました。

おとうさき北極王は、「今夜は泊まっていきなさい」と言いました。

北極王の奥さんが、晩ご飯を出してくれました。

晩ご飯のおかずは肉でした。

それから、ハンバーグ・ステーキでした。

それから、フライドチキンでした。

それから、カレーライスでした。

それから、オムライスと、エビフライと、プリンと、アイスクリームでした。

ほかにも、たくさんたくさんご馳走《ちそう》がありましたので、ぼくは、もっともっと食べました。

みんな、おいしいものばかりでした。

それから、また、お話しをしました。

そのうちに、眠くなってきました。

北極王の奥さんが、奥の間にふとんをふたつ敷きました。

奥のふとんに、赤いパジャマを着た北極王が寝て、ぼくはもうひとつのふとんで、以前のようにおかあ北極王の奥さんといっしょに寝ました。

白いネグリジェを着た北極王の奥さんは、なつかしい、とてもいい匂《にお》いがしました。

ぼくはなつかしくて、涙が少し出ました。

窓ガラスには、赤や青や黄色や緑の光が、ちかちかと映っています。

それは裏にあるスーパーのネオンのようでした。

ぼくがそう訊《たず》ねると、「あれは、北極のオーロラなのよ」と、北極王の奥さんが教えてくれました。

ぼくは、北極のオーロラを初めて見たのです。

窓の外は、風が吹いたり、嵐《あらし》になったりしましたが、ぼくは北極土と、北極王の奥さんの間で、北極王の奥さんに抱かれて寝ているので、ちっともこわくありませんでした。

ぼくはぐっすり寝ました。

次の日、目をさますと、北極王も、北極王の奥さんも、いませんでした。

あわてて食堂へ行くと、北極王が朝ご飯を食べていました。

ぼくもトーストと、ベーコンと、目玉焼きと、野菜サラダと、牛乳と、コーヒーと、フルーツの朝ご飯をいただきました。

北極王の奥さんは早くから起きて、ぼくにおべんとうを作ってくれていました。

北極王が、「おばあさんへのおみやげは、何がいいかな」と言いました。

ぼくは、「北極の氷をください」と言いました。

「それならたくさん持って帰りなさい」北極王の奥さんはそう言って、冷蔵庫の中からたくさん氷を出して、おべんとうといっしょに鞄に入れてくれました。

「家に帰るまでに、溶けませんか」と、ぼくが訊ねますと、北極王は笑って、「北極の氷は、ぜったいに溶けないんだよ」と言いました。

ぼくは北極王と北極王の奥さんに見送られて、北極王の家を出ました。

北極王の言った通り、氷は、家に帰ってくるまで溶けませんでした。

これはみんな、ほんとうの話です。

（「SFアドベンチャー」平成二年六月号）

あのふたり様子が変

「佐登子《さとこ》さんが来てるよ」

自室の六畳から出て大廊下を歩いていた洋一に叔母の藤江がそう耳打ちした。まだそれほど寒くないのに叔母は着物の上から綿入れの袖《そで》なしを着ていた。もともと肥《ふと》っているためさらに着ぶくれて背まで低くなっていた。

大廊下の突きあたりの大階段をおりると黒光りのする広い板の間では三歳くらいの子供たちを中心に七人が戯《たわむ》れていた。玩具《がんぐ》を持たずただ戯れているだけだった。網代《あじろ》の高い天井に子供たちの声が反響していた。

板の間を食器部屋や寝具部屋に挟《はさ》まれた暗い左の大廊下に折れて台所に出ると親戚《しんせき》の女や手伝いの女が土間に四人板の間に五人いてその中に佐登子もいた。佐登子は板の間の囲炉裏端《いろりばた》に座りこんで洋一の祖母の富江に何か話していた。富江もちゃんちゃんこで着ぶくれていて背中を丸めていた。富江が洋一に気づいて来たよというように佐登子に合図すると佐登子はいったん振り返り微笑して洋一に頷《うなず》きかけたもののまた富江に何ごとか話し続けた。佐登子はいつものように紺の絣《かすり》の着物を着て黄色い帯をしていた。その恰好《かっこう》で彼女はたいていひとりでやってくるのだ。

いいなずけが来ているというから来たというだけで特に佐登子に用があるわけではなかった洋一は佐登子からそんなふうにされてしまうとちょっと居場所に困り土間に下りて水瓶《みずがめ》の水を柄杓《ひしやく》で飲んだ。飲んではじめて自分が自室を出たのは喉《のど》が乾いたためだったことを思い出した。いちばん若い下女のおりんがにやにやしたため年長の下女に小突かれていた。

洋一の所在なげな様子に気づいて富江が洋一の名を呼んだ。やれやれという思いで洋一は囲炉裏端へ行った。やあと大声で佐登子の名を呼びながら囲炉裏端へ行って彼女の傍《そば》にどっかと腰をおろすという年齢に不相応な態度を洋一は嫌《きら》ったし佐登子も嫌う筈《はず》だった。洋一は佐登子の正面に腰をおろした。隣りにすわるよりもその方が佐登子の姿をよく見ることができるからだ。

佐登子は洋一の遠い親戚にあたるということだったが血のつながりが遠すぎるためかこの家にいる洋一の家族の誰とも似ていなかった。彼女はときどきうわ眼《め》で洋一を見て笑いかけながらさらに富江に話し続けていたが何の話をしているのか洋一にはよくわからなかった。彼女が話し終ると洋一の母親にしか見えないくらい若く見える祖母の富江が今度はその答えらしいことをながながと話した。やがて話し終り富江は洋一と佐登子を交互に見てからさあ遊んでおいでというようなことを言った。洋一と佐登子は自分たちをふたりきりにさせてやろうとするための富江のその子供に言うような促しかたを特に笑いもせず立ちあがった。

洋一と佐登子が並んで廊下を歩いていくとそれまで遊んでいた子供たちが茫然《ぼうぜん》と立って無遠慮な視線を向けた。ふたりの仲のよさに注目しているのではなく佐登子の美しさに見惚《みと》れているのだった。廊下や大階段で行き交う洋一よりも年長の大人たちは佐登子に目礼するかいらっしゃいと声をかけるか二人が一対《つい》の神格化された存在でもあるかのように馬鹿《ばか》ていねいにお辞儀をしたりした。二階の廊下ですれ違った大伯母の咲もふかぶかとお辞儀をしたが咲が洋一と佐登子を小さい頃《ころ》から知っていてよく彼女の小部屋にふざけて駈《か》けこんだふたりを大声で叱《しか》ったものであったことを思い出すと洋一はおかしかった。

廊下で従兄《いとこ》の潤一に会うことを洋一は恐れた。潤一も佐登子が好きなのだったが子供の頃から性格が悪く悪相でもあり勉強もできなかったため佐登子を彼の嫁にするなど最初から家族の誰も考えなかったのだ。好意の裏返しで潤一は子供の時から佐登子をさんざいじめたため彼女も潤一を嫌っていた。潤一は過去の自分のそんな行為のため今さらおおっぴらに嫉妬《しっと》もできず鬱屈《うっくつ》していた。彼が今の仲のいいふたりを見て何もできる筈はなかったがそれでも洋一は彼を避けたいと思った。とはいえ結婚して以後もずっと同じこの家に住み続ける以上いつまでも避け続けることなどできる筈はなかったのだが。

自室の前まできて廊下に誰もいないため洋一は片手で佐登子の手を握り片手で障子《しょうじ》を開けた。佐登子は洋一の手を強く握り返してあとから入ってきた。別の手で障子を閉めたのは佐登子だった。洋一の部屋は入って右が押入れと床の間でありその向い側が一面本棚《ほんだな》になっていた。正面には窓に向かって座机が置かれていた。いつものようにふたりは座机の前に並んで座った。並んで窓の外を見た。遠くに山なみが見えた。その裾《すそ》は一面雑木林だった。

机の上で互いの手を弄《もてあそ》びながら話すのがそれまでふたりのしてきたことだったが佐登子はそれがあまりにいつものことなので飽きたから今日はしないとでも言うように突然立ちあがり本棚の前に立った。本棚には哲学書や文学書が並んでいて少数が語学や辞典などの実用書だった。

洋一は今まで佐登子が自分の本を本棚から出して読むなどという事態は想像もして

いなかった。いや誰にしろ家族の誰かが洋一に無断で彼の本を読むことがあるなどとは思ってもいなかった。だからこそその時その時に書いた思いつきやちょっとした記録などの断片を平気でたまたま読んでいた本の間に挟んでいたのだった。その中にはたしか佐登子について書いたものもある筈だった。ただしできるだけ他人に読まれることの少ない哲学書の間に挟みこむという気配りだけは知らず知らずのうちにしていたのだった。しかし今あっという間に佐登子が本棚から取り出したのは哲学書の中でもいちばん難解な部類に属する最も分厚い本だったので洋一は大きく動揺した。彼は弾《はじ》かれたように立ち佐登子からその本を取りあげようとした。

あっ何か挟んであると叫んで佐登子は早くも洋一に背を向け本の頁《ページ》を繰りはじめた。その本返しなさい。洋一はあわてて佐登子に背後から抱きつく姿勢となり本を奪おうとしたが佐登子はあわただしく本の頁を繰りながら肩を揺すってしゃがみこんだ。何が書いてあるのよ。洋一もしゃがみこんで本を取ろうとしたためふたりは畳の上に寝ころがってしまった。洋一は俯伏《うつぶ》せになった佐登子の胸の下から本を取ろうとしたが彼女は笑いながら本を抱きしめていて渡さなかった。本を渡しなさい。いやです。何が書いてあるのか読みます。洋一は彼女のからだをひっくり返して仰向《あおむ》けにした。佐登子が足を蹴《け》あげてくるので洋一はしかたなく佐登子に馬乗りとなった。しかし佐登子は胸の上で十字に組んだ腕の下に本をかかえこんでいて離さなかった。ふたりは長い間揉《も》みあっていた。しまいには洋一も笑い出した。ふたりは笑いながら抱きつきあい揉みあっていた。

本は革装で高価だった。このままでは本が傷《いた》むと思い洋一は子供の頃のこうした佐登子との取っ組みあいで負けそうになった時の最後の手段しかないと思った。足を蹴りあげたため佐登子の着物の前がはだけていた。洋一はくすぐろうとして彼女の股間《こかん》に手をさし入れた。ずるりとした感触があって驚いた洋一がそのままとどめている手の中指が中へ吸いこまれてしまいそうな窪《くぼ》みの触覚もあった。掌《てのひら》には昔なかった陰毛の触感もあった。洋一は凝固した。佐登子もじっとしていたが顔を赤らめて喘《あえ》いでいた。本棚の上の方を見つめている彼女の眼がうるんでいた。

洋一はゆっくりと佐登子の胸から本を抜きとって傍《かたわ》らに置いた。佐登子はじっとしていた。洋一は両腕で佐登子を抱きしめた。佐登子は洋一を抱き返した。またしばらくそのままでふたりはじっとしていた。やがて洋一が身じろぎするとただそれだけで佐登子ははっとしたように洋一を見て訊《たず》ねた。するんですか。それまではさほどでもなかったのに佐登子からそう質問された洋一は膨張しかけていたものが一挙に硬骨のようになり脊髄《せきずい》に起った激しい痛痒感《つうようかん》さえ自覚した。切迫した感覚に洋一は激しく下半身を上下させ佐登子の下半身との摩擦でその痛みのようなものを拭《ぬぐ》い去ろうとした。

あのふたりは部屋にいるのかいの。そうだよ。お茶でも持っていってやろうかの。部屋のすぐ前の廊下で大伯母の咲と叔母の藤江が通りすがりのそんな会話を交わしていた。佐登子は洋一を下から突きあげて身を起した。ここではいやです。呼吸を弾ませながら佐登子はそう言った。そうだね。洋一もそう言わざるをえない。しかし情感は高まっていて佐登子も同様なのだろうと思えた。でもまだ来ないと思うけど。そう言ったが佐登子はかぶりを振った。いやです。ゆっくりとしてほしいんです。

ふたりは立ちあがって身繕いをした。それから前の廊下に誰もいないことを洋一が確かめてからふたりは部屋を出た。今までふたり並んで廊下を歩くことが平気だったのにする場所を探しはじめた途端誰かに見られることをふたりは恐れはじめていた。ふたりは大階段の方へ歩いた。洋一は大階段を三階へあがるつもりだった。

三階の大部分はふだん使わない大広間だったが大階段のあがり口の大きな板の間の隅《すみ》には櫓《やぐら》に登る小階段があった。櫓には以前大太鼓が置かれていて正午には家族の男の誰かがそれを打ち鳴らすという習慣があったらしいが今ではもう大太鼓の脚だけしか置かれていない。

三畳の小部屋はその小階段の下にあった。大広間を使う時の座布団《ざぶとん》をしまっておく小部屋である。あるいは大太鼓を鳴らす者が正午を待つための小部屋であったのかもしれなかった。

大階段をあがるとそこは縦に長い板の間で右側は八枚の障子である。障子の彼方《かなた》が大広間なのだった。板の間はつきあたりで右側へ折れていて廊下となって大広間を取り巻いている。板の間のつきあたりの左手に小階段がある。ふたりは小階段の下にある一段あがって芝居の障子屋体のようになった小部屋に入った。隅には数十枚の座布団が重ねられていた。佐登子はあわただしくその座布団三枚を畳に並べて自らその上に仰臥《ぎようが》した。

洋一と佐登子が座布団の上で抱きあい激しく動いたり足をからめあったりしているうちにしぜん前がはだけて性器が触れあった。愛の液に助けられてふたりがつながりそうになった時だだだだだと廊下を踏み鳴らす何人かの足音が近づいてきた。ふたりは直前で凝固した。この階段なに。櫓へ行くの。この部屋は。子供たちの交わす声は大きい。開けられないうちにとふたりはあわてて立ちあがり身を整える。

権田《ごんだ》の叔父の子供たちが友達をつれてきたようだ。女の子も混えたかれらは櫓への階段を登っていった。しばらくは眺望《ちようぼう》に見惚れているとしてもいずれおりてくればこの小部屋の障子も開けるだろう。いくら子供でもそしてたとえ洋一と佐登子がきちんとした身繕いで立っていたとしても他に何もないこんな小部屋にたったふたりでいることの異常は感じるに違いない。ふたりは小部屋を出て階段をおりた。

まだ堅いままだった上に情感が切迫していて洋一は気が変になりそうだったし佐登子の眼も潤《うる》んでいてうつろだった。洋一は愛液が股間で冷えて気持が悪くそれは佐登子も同様の筈だった。二階の廊下でひとりの子供とすれ違ったがそれが誰なのかさえふたりともはっきり認めることができなかった。今すれ違った子がふたりの吊《つ》りあがったような眼を不審に思い誰かにあのふたりは様子が変であったと告げ口するかもしれないなどと洋一は心の隅でちょっと思ったが高まる欲情にそんな心配はすぐ掻《か》き消された。

二階の奥座敷しかないと洋一は思った。そこは旅の間とも呼ばれていて旅の客を泊める部屋であり子供たちも誰が泊まっているかもしれないのだから行ってはいけないと言われている筈だった。さらにその部屋の押入れには客用の布団が入っていることを洋一は知っていた。あの押入れの中でと洋一は思った。もし誰かが気まぐれに部屋を覗《のぞ》いたとしても押入れの中までは覗くまい。しかも旅の客などというものはここ何年来あったためしがないのだ。

二階の奥座敷のあたりはひっそりとしていた。座敷を取り巻く廊下の窓の雨戸も締められていて机がひとつ置かれたきりの部屋は障子窓からの明りのみでうす暗い。また佐登子と手を握りあった洋一がもう片手で部屋の障子を閉め押入れの襖《ふすま》を開くと上の段には何も入っていず下の段にひと組の布団があった。ふたりがそこで横たわるために洋一が布団を敷きなおす間佐登子は死にたいとでも思っているかのような切なげな眼をじっと洋一に向けたままなぜか下腹部を押えて少し前かがみになっていた。

押入れに入って中から襖を閉め洋一はせっかちに佐登子のからだへ覆《おお》い被《かぶ》さって強く抱きしめた。まっ暗で佐登子の顔を見ることができず残念な気がしたが佐登子は安《あん》堵《ど》の溜息《ためいき》のようなものを洩《も》らした。ああ。とうとうできるわ。さっさと同じように激しく足をからませあって着物の前をはだけさせると今度はすぐに入ってしまった。しかしそれもほんの一瞬のことだったのだ。押入れの天井あたりで軋《きし》む音がすると上の段でどんという大きな物音がして襖ががらりと開かれた。

あーっ。こんなところに出たぞ。伊川谷《いかわだに》の叔父の子供と思える声がしてさっきの子供たちよりは年長の五人ほどが女の子も混えて天井裏から上の段におりてきた。彼らは次つぎと座敷にとびおりて障子を開け廊下へ駈け出ていく。あっと小さく叫んだ佐登子の声にも咄嗟《とつさ》にからだを離し隅に身をかくしたふたりにも気がつかないようだ。

おーい。こっちへこい。面白いぞ。

天井裏が広く高く頑丈《がんじょう》に造られていて小さな子供なら立って歩けるほどであるため洋一も小さな頃はよく天井裏に入って歩きまわりあちこちの座敷に出没したのだった。ふたりは押入れから出た。悲しげに洋一の顔を見る佐登子には洋一もあまりのことに苦笑して見せるといった余裕がない。襖も障子も開けっぱなしであり横へずらせた押入れの天井板もそのままで子供たちはまた戻ってくるつもりらしい。

祖父の部屋へ行こう。洋一はそう思った。昨年死んだ祖父は一階の庭に面した座敷にずっと寝ていて道具類もまだ祖父が死んだ時のままに置かれている。祖父に愛されていた洋一にしてみればあの座敷でなら祖父が護《まも》ってくれるだろうという気がするのだ。ふたりは大階段の三分の一の幅しかない裏階段をおりた。

祖父の部屋へ行くには庭に面した幅の広い長い廊下を歩かなければならなかった。しかし誰かに見られて様子がおかしいと悟られることをもうふたりとも恐れてはいられなかった。むしろ誰かに見られたりしながらあちこちを転転として断続的に接し続けたための異常な昂揚《こうよう》なのかもしれなかった。している状態のふたりがあと二、三度下半身を動かしただけですべてが極まる筈の昂揚だったのだ。そっちへ行っちゃ駄目《だめ》。子供を叱る調子のそんな女の声が近くで聞こえた。ふたりが場所を探して放浪していることを子供以外の家族の誰もが知っていて同情し何とか完遂させてやりたいと陰で協力してくれているのかもしれなかった。

祖父の部屋だった六畳の間には縁側からの陽光がいっぱい射《さ》しこんでいてその明るさの中で行うことがふたりにはためらわれた。長火鉢《ながひばち》が置かれていたのでそのうしろの空間ですることに決めたふたりはさらに座敷の隅の屛風《びょうぶ》を持ってきて長火鉢の前に立てたりもした。雀《すずめ》が鳴いていた。それ以外の音はせず静かだった。家中が息をひそめているようだった。それでももうこれで邪魔は入らない筈だという安心感はふたりにはなかった。佐登子が少し急いで長火鉢のうしろに並べて敷いた座布団の上へ仰向けになった。その足元に膝《ひざ》をついた洋一が今度は佐登子の着物の裾を直接手でまくりあげた。佐登子は少しも恥かしげではなくむしろやや怒ったような眼で洋一を見つめていた。

下腹部は愛液が乾いて冷えていたためくっつけると尚《なお》さら互いの下腹部が冷たく感じられた。巨《おお》きく堅くなったままの根もとを佐登子は握って入れようとした。彼女の大胆さに洋一がちょっと驚いたとき最初は耳鳴りかと思っていた轟音《ごうおん》が次第に高くなって近づいてきた。ちょっと。早く。早く。地下の蔵へ。叔母の椣《しで》がそう叫びながら騒ぎ立てる子供たちを追って縁側を走っていき誰かが縁側の雨戸を閉めはじめた。

空襲だ。洋一はすぐにそう言い佐登子と共に立ちあがった。縁側に出ると富江が雨戸を閉めていて榯が何のつもりか十何本かの大根の束をかかえて引き返してきた。彼女は走りながら佐登子に叫んだ。佐登子さん。あんたもさあ早く台所の。あとのことばは轟音に消されて聞こえない。佐登子は榯のことばで台所へと走り去る。まだ閉め切られていない雨戸の隙間《すきま》から洋一が見上げると空には黒い何百機とも数知れぬ敵の編隊がいっせいに東の方角へと飛んでいく。すでに爆弾を投下しているらしく四方に爆発音があがっていた。ああ。とうとう戦争が始まってしまったのだなあ。これであと三十年、佐登子とすることはできなくなったのだ。洋一はなぜかそう思った。

（「小説新潮」平成四年四月号）

東京幻視

松太郎の家は大地主で、松太郎の祖父が早く死んだため父の伊左衛門《いざえもん》はそのあとを継ぎ若くして村長になった。松太郎は祖父の顔を記憶していない。父の伊左衛門はしばしば上京した。いつも「大阪の先生」と一緒だった。「大阪の先生」のことを伊左衛門は時おり「阿部《あべ》先生」とも言った。大男である父が自分のことを阿部先生に「可愛《かわい》がって貰《もろ》うてる」という言いかたをするのが松太郎には奇異に感じられた。阿部先生は衆議院議員であった、と松太郎は父の死後母から教えられた。また「阿部一族」だったとも聞かされた。が、松太郎にはなんのことかわからず、阿部という姓なら阿部の一族のひとりであるのは当然ではないかと思ったりもした。

家に戻《もど》ると伊左衛門は家族に東京の話をした。毎年同じような話だったが松太郎は養分を吸い込むようにその話を聞いた。祖母も母も、はや聞き飽きている様子だったし妹はまだ幼い。父はまず改築されたばかりの豪華な帝国ホテルの話をした。そのホテルでは宴会も行われるということであった。父はまた銀座の話をした。カフェーというものの話であった。それから洋食店の話もした。

家族は少なかったが雇い人は多く親戚《しんせき》も多かった。親戚は松太郎の家へしばしば集った。村内にいる親戚は大人だけでも二十七、八人いた。彼等《かれら》は集って酒を飲み唄《うた》をうたうのが好きだった。幅の広い縁側を隔てて裏庭に面した奥の十畳とその隣りの八畳が、間の襖《ふすま》を取りはずして宴《うたげ》に使われた。親戚の者には芸達者が多く踊りを踊る老《ろう》婆《ば》もいた。こうした情景を松太郎は幼い時から父の膝《ひざ》に抱かれて見た。父は松太郎が自慢だった。妹は宴席に入れなかった。妹はこまかい用を言いつかっては台所と宴席を往復し縁側からの障子を開いて父に何ごとか伝言する都度宴の賑《にぎ》やかさに眼《め》を見ひらき、しばらくぼうっと眺《なが》めていてからあわてて駈《か》け去るのだった。松太郎とていつまでも宴席にいられたわけではない。座が乱れてきて酔った男が猥歌《わいか》をうたいはじめると父は松太郎に「さあ子供はもう寝え」と言って太腿《ふともも》を大きく揺すりあげ松太郎を立たせた。松太郎はもっと居たいし眠くもならず、そもそもまだ寝る時間ではないので台所へ行く。土間では手伝いにきた男衆《おとこし》や近所の女や女中が十人ほど立ち働いている。祖母と母は女中に混って板の間で働いている。その間を妹が用もなく動きまわっている。松太郎は板の間にすわってこれらの様子を眺める。松太郎のためにとりわけてくれた料理の膳《ぜん》を女中が持ってきてくれる。それを食べながら松太郎は宴席から戻った女が今誰《だれ》それが何を唄《うと》うてはった誰がこない言うてはったなどと話しあっているのを聞く。土間の隅《すみ》で板の間の框《かまち》に腰をかけ遠縁なので宴席には連《つら》なれぬ老人がひとり、時にはふたり酒を貰《もら》って呑《の》んでいることもあった。男衆や女たちのうちで手の空いた者が交代に板の間へあがり食事をはじめる頃《ころ》になると松太郎はやっと眠くなる。松太郎は板の間でそのまま眠ってしまいたいのだがそれはもう許されなくなっている。幼い頃は女中に抱かれて離れの座敷までつれて行かれたのだった。妹が板の間の隅に積みあげられている座布団《ざぶとん》を崩し、その中にもぐりこんで眠っている。松太郎は彼女を起して離れへつれて行く。離れへ行くには宴席と障子一枚で隔たったあの幅の広い縁側を歩いて行かなければならない。十畳の間の明かりと唄声と酒の匂《にお》いと笑い声、そして障子には父の大きな背中の影が映っている。心を残しながら松太郎は妹の手をひいて離れの座敷へ行く。ふたりが離れで寝るのは宴のある夜だけだ。布団にもぐりこんでも唄声と笑い声は聞こえてくる。それは眠ってからも夢の中にまで侵入してきた。

「わいかて東京行きたい」松太郎は父が東京の話をするたびにそう言った。松太郎がそう言うたび伊左衛門は「ほたら東京耳したろか」と言って松太郎をおどかした。

「東京耳」というのは子供を東京の方角と思える方向に向けて立たせ、そのうしろから大人が両耳を摑《つか》んで吊《つ》るしあげ「どや。東京見えたか」と訊《たず》ね、子供が「見えた」と叫ぶまでおろさないという乱暴な遊びである。耳を摑んだだけでは怪我《けが》をしてしまうから実際には掌《てのひら》の一部で耳の下あたりを押さえ顔全体をはさみこむようにして吊るしあげるのだが、それでも耳朶《じだ》が千切れてしまいそうに痛い。松太郎も妹も父が「東京耳」と言うのを聞いただけでとんで逃げるのが常だった。

「大阪の先生」のすすめで村には不似合いなほどの役場を建てたのも父であった。二階建てで木造漆喰《しっくい》塗りだが外見はいかにも西洋風でモダンだった。役場には村人たちが寄合所と称している集会場があり、ここでは月に一度か二度映画が上映された。子供は大人の付き添いがないと入れなかったので松太郎は時には母に時には女中につれられて見に行った。村中からやってくる大勢の人に混り立派な役場の入口を入って行く時には胸が重苦しく、時には痛くなったりするほど興奮していた。親戚の子供の誰かれに会うのも嬉《うれ》しかった。子供が多いため映画は時代劇が多く尾上《おのえ》紋十郎氏主演「水崎藤九郎《みずさきとうくろう》」だの瀬川路三郎《せがわみちさぶろう》氏主演「白刃閃《はくじんひらめ》く」だのであったがいずれの映画にも抜かりなく色恋の場面が多く含まれていた。なぜか帝キネの作品ばかりであった。弁士の奇妙なアクセントはいつまでも耳に残り子供たちはよくこの弁士の口真似《くちまね》をして笑いあった。
松太郎が親戚の子供たち十数人と一緒に遊べるのは正月の三カ日である。三カ日には交代で親戚が松太郎の家へ挨拶《あいさつ》にやってくるのだ。その三日間大人たちは例の酒宴をほとんど途切れめなしに続ける。だが正月に関していえば松太郎は正月よりも元日に先立ち年中行事としてなかば儀式的に行われる餅搗《もちつ》きの方がずっと好きだ。
松太郎はふだん妹と母屋《おもや》の八畳の間で寝るのだが餅搗きの日は杵《きね》の音でいつもより早く目が醒《さ》める。いつもなら早暁《そうぎょう》の澱《よど》んだ空気の中から妹の寝息が湿っぽく伝わってくるのだが、その朝だけは土間からの杵の音と三拍子の掛け声が聞こえてくるだけだ。雨戸の隙間《すきま》から洩《も》れてくる光が見えないので外はまだ暗いのだなと思う。分厚い布団の中から松太郎は脱《ぬ》け出る。蒸したての餅米が土間いっぱいに立てている湯気のあたたかさを思って松太郎の気持は浮き立っている。台所の板の間へ出ると三人搗きの鋭い掛け声が土間の高い天井にくぐもって反響している。
やっ　ほん　ほん
やっ　ほん　ほん
やっ　ほん　ほん

板の間からそれぞれの座敷へ行く廊下の障子はとりはずされていて押入れの襖は裏返しにされている。とんでくる熱い餅米で汚れるのを避けるためだ。板の間と廊下には餅を並べる筵《むしろ》がいっぱいに敷かれていてふだんとは様子が違ってしまっている。毎年餅のちぎり役をしている親戚の松川という男が自慢の金歯を見せて笑いかけてくることもある。「おはようさん。白蒸《しらむ》し食べなはれ」蒸したての白蒸しが松太郎は好きだった。搗き手はたいてい伊左衛門と、伊藤という出入りの仲仕と、あとひとりは男衆《おとこし》の誰かである。捏取《こねど》りはいつも三好《みよし》という親戚の若い男で他《ほか》の男衆数人が釜《かま》の係をやる。祖母と母と親戚の女たちと女中が鏡餅を作り小餅をまるめ筵に並べる。本家、分家、それぞれのものを一括して搗く上男衆や仲仕が自分の家族用の餅米を持ってきたりしているのでぜんぶで三十幾臼《うす》搗かねばならない。妹はすでに起きてきていて母と一緒に小餅を丸めている。松太郎もそれを手伝う。やがて伊左衛門を混えて早搗きがはじまる。早搗きや曲搗きは餅がよく搗けてからするのだが、あいかわらず三人搗きだから搗き手と捏取りの呼吸がよほどあっていないと怪我をしてしまう。父は餅搗きなどのほかいろいろな家内や村の行事に加わるのが好きであり祖母や母はそんな父を「村長らしない」としていささか軽蔑《けいべつ》しているようであった。

伊左衛門の弟の佐市は大阪の商店に勤めていて正月が近づくと帰郷した。松太郎はこの若い叔父が嫌《きら》いだった。祖母も母も佐市を嫌っていた。「佐市は極道《ごくどう》やさかい」ことあるごとに祖母がそう言うのを幼い頃から聞かされていた上「佐市さんは梅毒や」と母が言うのを聞いたからでもあった。祖母はまた「大阪へやるんやなかった」とも言った。これによって松太郎の頭の中には「大阪——極道——梅毒」という図式のようなものが植えつけられていた。鼻の落ちた男が村人や村へやってくる者の中にも四、五人いて松太郎はこれら奇異な顔をした男たちをしばしば見かけたし、それが梅毒という病気によるものであることも知っていた。家の者は彼らのことを「新田《しんでん》のふがふがさん」「加賀田のふがふがさん」などと蔭《かげ》で呼んでいた。何を喋《しゃべ》っているかよくわからなかったからである。いずれは叔父もあのような顔になるのだろうと松太郎は思っていた。のち、母から聞いた話によると、佐市が彼に充《あ》てられた奥の間で脱脂綿に軟膏《なんこう》をつけ局部へ塗っているところを見かけた女中もいたらしい。この佐市が一度、餅搗きの日に珍らしく早朝から起き出してきて気まぐれに小餅をいくつか丸めたのち、どこかへ出かけたことがあった。祖母と母が血相を変えてその餅をどのあたりに並べたか女中に問いただしていたことを松太郎は憶《おぼ》えている。結局「黴菌《ばいきん》餅」の疑いがある小餅数十個が屑籠《くずかご》へ捨てられてしまった。

「今年は東京へつれて行ったる」と父が言った時のことを松太郎はよく憶えている。

妹と庭で遊んでいる時外出から戻ったばかりの父に呼ばれ、縁側に立った父の怖い顔にややおびえながら寄って行くと、父は突然歯を見せて笑い、松太郎の頭を片手で鷲《わし》摑《づか》みにしてそう言ったのだ。「なんじゃ。ちとも喜びよらへん。せえのないやっちゃな」松太郎が茫然《ぼうぜん》としているので父は不機嫌《ふきげん》になり、松太郎はいそいでかぶりを振りながら大声をあげた。「そんなことない」松太郎はやっと笑った。「ああ嬉し」「東京行くねんで」誰かれかまわず松太郎は半年の間自慢し続けた。「へえ、ほんまかいな」「そらよかったなあ」と喜んでくれる者がほとんどであったが伊藤のように難癖をつける者もいた。「ぼんはまだ大阪へも行《い》とらへんのやろが。なにもわざわざ東京まで行かんかて大阪へ行《い》たらそれでええこっちゃ。盛り場ちうのは大阪も東京もそない変らへんのやさかい」伊藤は大阪へ年に何度も往復していたのである。この伊藤のことばで松太郎が抱いていた東京への考えかたが混乱した。松太郎にとって東京は天皇陛下の住んでいる高貴な場所でありこの上なくモダアンなところだった。松太郎が東京の「高貴」や「モダアン」を想像することさえできなかったのはそれに似ていると思えるものが村にまったく存在しないからではなく、むしろそれがあまりにも「高貴」や「モダアン」であり過ぎて、想像することさえいけないことであるかのように思えたからだった。ただアイスクリームや歯《は》磨《みが》き粉《こ》のバニラの香りが「モダアン」の匂《にお》いにやや近いのではないかと思う程度のことなら許されそうな気がしていた。当然そこは「極道」だの「梅毒」だのとは無縁の筈《はず》だった。少くとも佐市や伊藤のような者が遊んでいたりするような下品な場所ではない。だからといってその下品な遊び場所とはどういうものか松太郎にはそれすら想像することはできなかったのだが。

ところが伊藤のことばは東京が「梅毒——極道——大阪」の延長したところにあるものだと暗示していた。ここから混乱が生まれ松太郎は少し悩んだ。では東京とはこの村にも存在する梅毒や極道が大阪という町によって拡大され過激化されているように大阪に存在するそれらのものをさらに拡大し過激化し得るようなところなのだろうか。たとえば佐市や伊藤のような者が大阪以上に梅毒的になれ極道化できるようなところなのか。

「東京て大阪とそない変らへんのか」松太郎は伊藤の言ったことだがと前置きして父にそう訊ねた。「全然違《ちゃ》う。全然違《ちゃ》うんやぞ」父は真剣な顔をした。「そらまあ建物《たてもん》やら何《なん》やらひとつひとつ見たら大阪にも同《おん》なじようなもんはある。そやけどな、なんちうても東京や。東京にあるちうこって意味が違《ちご》うて来よるんや」父は何度もくり返した。

「意味が違《ちゃ》う」

建物のことだったのかと松太郎は思う。だとすれば想像のとっかかりにすべきものは何もない。「意味が違《ちゃ》うんや言うとったで」父の言ったことを松太郎は伊藤に告げた。「村長に言うたんかあ」伊藤は顔を歪《ゆが》めた。「そらそうや。意味は違《ちゃ》うで。そらもう天皇陛下の居てはる処《とこ》や。意味は違《ちゃ》う」伊藤はやけくそになったかと思わせる口調でくり返した。「意味は違《ちゃ》う」

くり返し東京のことを話題にしたがる松太郎を母は厭《いや》がった。なぜ厭がったのか後になっても松太郎にはわからなかった。母自身東京へ行きたかったからかもしれない。理解力に乏しい子供をわざわざ東京にまでつれて行くということを親戚や使用人から良く思われていなかったせいかもしれない。あるいはただうるさかっただけなのかもしれない。「そないしつっこう訊《き》かんかてどうせもうじき行くんやろが、自分の眼で見たらええやないか」母は苦笑しながらそう言って松太郎の質問を封じた。どのみち母は東京のことを何も知らなかったし父の言うことはいつも同じであり表現力に乏しかった。

東京へ発《た》つ予定の二日前から松太郎は発熱して寝こんだ。流行性耳下腺炎《じかせんえん》に過ぎなかったが上京するという興奮のさなかだったためか重症で、高熱を発しはげしく嘔吐《おうと》した。水以外はのどを通らなかった。離れの座敷に隔離されたが布団ごと運ばれている時「こら東京行かれへんなあ」と言う祖母の声をかすかに聞いた。耳下腺はまず右側が腫《は》れた。上京予定日がちょうど極期にあたった。熱性譫妄《せんもう》があり松太郎は妄覚と夢の間を彷徨《ほうこう》した。彼は父と一緒に街道を歩いている。夜だ。これから上京するらしい。村祭りが終ったあとらしく道の両側にはまだ提灯《ちょうちん》がぶら下がっている。ひと気はない。ひとつだけ灯《ひ》を消し忘れた提灯があり、その下で鼬《いたち》が一匹立ったままふらふらと踊っている。東京へ行くため村を出ようとしているところなのかもうすぐ東京という地点にまでやってきたのか松太郎にはよくわからない。母の声がする。いや。母が言ったことを思い出しているだけなのかもしれない。「東京行くことあんまりひとに言うたらあかんで」ああそうかそれでこっそりひと眼につかぬように東京へ行こうとしているのだなと松太郎は思う。風が頰《ほお》にあたった。こんなに頭が痛くて東京へ行けるのだろうか。大きな建物がある。大きいということを父から聞かされたためにすでに知っているというだけで建物がどんな様子なのか松太郎にはわからない。建物の入口はいつも寄合所へ行く時にくぐる役場の入口によく似ている。もう東京へ来ているのだ。「東京」と松太郎は父に訊ねる。父は頷《うなず》いてやや重おもしく言う。「東京。東京」父が横にいるのかどうかも松太郎にはわからない。ただ父が大きく頷いていることと父の言うことばだけはよくわかるのだ。この入口は東京そのものの入口なのだろうかそれとも東京にある建物のひとつの入口に過ぎないのか。どちらにしろ松太郎は今自分のいるところが東京であることをいささかも疑ってはいない。

　ずいぶんあちらこちらと見物して歩いたようだ。松太郎には疲労だけが残っている。頬も後頭部も胸もとも汗でじたじただ。横を歩いて行く父も汗を掻《か》いている。その汗は父の着物をずくずくと膨らませている。しかし松太郎はそうしたことが気にはなるものの東京へ来ていることがただ嬉しくてならない。東京見物が楽しいのではなく、ただ自分が来ていると信じて疑わないその東京に今、来ていることで涙が出そうなほどに嬉しいのだ。どこを見物したかという記憶はない。いつも父が話していたところを見物してまわったのだろうと松太郎は思う。しかもそれはまだ終っていないのだ。松太郎と父とは暗い廊下のようなところを歩き続けている。こんなに細長くうす暗いところはいったい東京のどこにあり得るのだろう。松太郎がおかしいなと思った時ふたりは広い場所に出る。天井が高くて浴場のように声が反響する広いところだ。彼方《かなた》では数人が餅を搗いている。うす闇《やみ》の中に輪郭の定かでない人影がいくつか立っていてゆっくりと動いている。懐《なつ》かしさに松太郎の感情はまた大きくゆらめく。やっぱり東京はいいところだったのだな。ほんとに、いいところだったのだな。「泣いとるよ」妹の声だ。

東京はやはり賑やかなところだった。松太郎は父と共に縁側のような長い廊下を歩いている。片側は障子の彼方が座敷になっている。閉じられた障子の向こうでは酒宴が開かれているのだ。座敷はどこまでも、いくつも続いている。障子のつらなり。その明るい障子には笑ったり唄ったりそして踊ったりしている人かげが映っている。縁側を歩きながら松太郎は父に訊ねる。「東京」父はまた頷く。「東京。東京」時にはその障子が開かれている座敷もある。親戚の誰それによく似た連中が唄っている。踊りを踊っている老婆もいる。座敷は明るい。酒に酔って赤鬼のような顔をした男がいるのも家と同じだ。宴席にはすぐ傍《かたわ》らにいる筈の父の姿さえある。こんな酒宴がいったいいくつ開かれているのだろう。どの座敷へ入って行ってもいいのだと松太郎は気づく。そうか。そうなのだ。そしてどんなに遅くまで皆と一緒にいてもいいのだ。暗いところで掌ほどの小さな映画をやっているという断片。子供たちが見ている。どんな仕掛けになっているのだろうか。松太郎はのぞきこむ。ああ「白刃閃く」だ。松太郎がひとりで歩いているという断片。父はもういない。だんだんひとに会わなくなる。さっきすれ違ったひとが最後だった。もう誰もいない。もう歌声も聞こえてこない。

病気の間に夢で東京へ行ったことを松太郎は誰にも喋らなかった。夢の話をしたりする「子供っぽさ」を家族たちは嫌っていたし松太郎もそれを知っていたからだ。

「負け惜しみ」だと思われるかもしれなかった。だが父にだけは話したかった。というのは、実際はそれほどでないのかもしれないがもしかすると松太郎が病気で上京できなかったことを父は松太郎以上に残念がっているかもしれなかったからだ。だが東京から戻った父に、すでに全快していた松太郎が「わい夢で東京行《い》たんやで」と小声で言った時伊左衛門は不思議そうに松太郎を見ただけだった。松太郎は「そらよかったな」ということばを期待していたのだが、あとで考えれば父は松太郎のことばによって父なりに子供の心の傷の大きさを想像し哀れさというよりはむしろその執念に辟《へき》易《えき》したのだろう。だがほんとは夢で上京したのちの松太郎に東京への執念がさほど残っていたわけではない。

財産の多少にかかわらず誰でも村長になれる時代になったため数年後に父は村長をやめさせられ、東京へも行かなくなった。松太郎が東京へ行ったのはそれからさらに二十数年ののちである。敗戦後数年目だった。陳情団と共に上京したのだがそのころの東京はすでに東京ではなかった。

（「新潮」昭和五十七年十一月号）

家

下田老人はシモダロージンではなくシモダオイトというのである。つまり老人というのが彼の名前なのだ。そして彼は肉体的にも老人である。家でいちばんの老人だから家族全員にとって彼は長老である。だから彼は家の最上階に住んでいる。彼がいつから家の最上階に住んでいるのか隆夫《たかお》は知らない。隆夫が生れた時下田老人はすでに家の最上階に住んでいた。下田老人の年齢については百歳を越しているという家族もいるしまだ百歳に達してはいまいと主張する家族もいるから隆夫にはどちらが正しいのか判断できない。それに隆夫はまだ一度も下田老人に会ったことがない。下田老人が階下へおりてきたことは彼が家の最上階に住みはじめて以来一度もないそうだし隆夫は階上へ行くことを禁じられている。

隆夫だけではなく家の一階に住んでいる者はすべて階上にあがることを禁じられている。階上にいる者が階下へおりてくることは禁じられていない。二階に住んでいる者が一階へおりてくる姿なら隆夫もしばしば見かけた。しかし三階に住んでいる者が一階までおりてきたことはそれが禁じられてはいないにかかわらず一度もなかったそうである。二階に住んでいる者の話によれば三階に住んでいる者が二階へおりてくる姿はしばしば見かけるそうである。だが四階に住んでいる者が二階までおりてくることはないそうである。

階段は家の中央部を南北に貫《つらぬ》く幅の広い廊下の中ほどから左右に向ってふたつ作られている。階段の幅も広く約一間ある。ふたつの階段をのぼりつめたところはそれぞれ踊り場になっている。階段はさらにそこから逆の方向に折れまがって一階の廊下の真上にある二階の廊下に達している。

階段で遊ぶことは禁じられていなかった。勾配《こうばい》のゆるやかな階段なので子供が転落して怪我《けが》をするといったこともない。だから隆夫はほかの子供たちといっしょによくこの階段の附近で遊んだ。しかし誰も踊り場より上へはのぼろうとしなかった。隆夫は何度か踊り場までのぼって二階を見あげたことがある。しかし二階の廊下の天井が見えただけだった。二階の廊下の天井は一階の廊下の天井とどこといって特に違っているところがなかった。廊下の天井は一階も二階もともに杉板で作られていた。

一階の廊下は家の中央部を南北に貫く以外に家の周囲をぐるりととり巻いてもいる。

障子一枚で屋外と隔てられたそれらの廊下はそれぞれ「東の縁側」「西の縁側」「南の縁側」「北の縁側」と呼ばれている。夜になれば縁側は障子以外にも戸袋から押し出される雨戸によって屋外と隔《へだ》てられる。それらの縁側に沿って内側にさらに障子で隔てられたいくつもの部屋が並んでいる。隆夫が家族といっしょに住んでいる部屋は東の縁側に面した北端にある。東の縁側は隆夫たちの部屋の前を過ぎるとそこで行き止りになっていて、そこは押し入れになっている。隆夫は一度この押し入れの板戸を開いて中を覗《のぞ》いたことがあった。そこには布団《ふとん》がぎっしり入っていた。東の縁側に面した附近の部屋の家族たちの余分な布団なのだろうと隆夫はその時そう思った。

縁側は隆夫たち子供の遊び場であると同時に大人たちがひなたぼっこをする場所でもある。東の縁側は朝がたによく日があたる。だから東の縁側に面した部屋に住んでいる家族たちはたいてい朝がた縁側に座布団を敷いて日光浴をする。縁側との境のそれぞれの部屋の障子の敷居は縁側よりも一尺ほど高くなっている。ここに腰かけて日光浴をする大人もいる。朝になると東の縁側に面した部屋の家族たちはそれが晴れた日なら屋外との境の障子をいっぱいにあけ、さらに部屋の障子もいっぱいにあける。するとｊ陽光はそれぞれの部屋のいちばん奥にまでさしこむのである。

この縁側からは家全体を覆《おお》っている草葺《くさぶ》き屋根の庇《ひさし》の裏側が見える。見あげると庇は縁側の上から急勾配に五寸ほど垂れさがり五寸ほど屋外の方向へ突き出ている。萱《かや》で葺かれたその屋根がどれほどの厚みを持っているのか縁側から見たのではわからない。どっしりとした屋根であると聞かされたところで隆夫にはそれがどれほどどっしりした屋根であるのか理解できない。またその屋根が家の最上階を覆う屋根でもあり家の天辺《てっぺん》から急傾斜で東西に流れている切妻屋根いわゆる合掌造りという屋根なのであると聞かされたところで、それがどのようなものであるかを正確に想像することができない。わかったことといえば「南の縁側」と「北の縁側」に屋根の庇がない理由だけである。それを聞かされるまで隆夫は屋根の庇が「東の縁側」と「西の縁側」からしか見えないのを不思議に思っていた。

隆夫に想像できることはもういくつかある。家の南北の壁面が天頂に対して垂直であり東西の屋根が急勾配のままで家の天辺に達しているとすれば、最上階にある長老下田老人の部屋というのはまるで廊下のように細長い部屋だろうということである。隆夫が家族から聞かされたところによれば最上階のもうひとつ下の階に住んでいるのは六家族で、その家族だけは最上階にあがり下田老人と会いそして話すことができるのだそうである。何階なのかはわからないがその階の家族が六家族だということはその階には六部屋以上の数の部屋があるということになる。そしてまた当然のことながら部屋数と家族の数は階下へおりるほど多くなっているということにもなる。

一階に部屋がいくつあり何家族が住んでいるのか隆夫は知らない。東西南北の縁側に沿った各部屋にそれぞれ一家族が住んでいるほか家の中央を南北に貫く廊下の両側にも部屋が並んでいて、ごく少数ながらそれらの部屋に住んでいる家族もいる。しかし日あたりが悪いためそのあたりの部屋のほとんどは物置なり浴室なり厨房《ちゅうぼう》なりに使われている。これらの部屋に周囲をかこまれたさらに奥の部屋、つまりまったく日があたらず縁側にも廊下にも接していないという部屋があり聞くところではそんな部屋に住んでいる者もいるというが隆夫はまだそういった部屋を見たこともなければ住んでいる者に会ったこともない。

たとえば中央の廊下に面した物置部屋の奥の襖《ふすま》をあけるとそこもどうやら八畳の部屋らしいのだが日があたらないので暗い上、やはり物置としていろいろな壊れかかった家具が雑然と置かれているため部屋全体の様子がよくわからない。その部屋の奥にもさらに部屋があって同じような八畳の部屋がずっと奥へつらなり左右に並んでいるらしいのだが隆夫がそこからさらに奥へ行ったことはまだ一度もない。積みあげられたがらくたを手さぐりでかきわけて奥への襖を開き中を覗きこんだことが一度だけあったが、そこは真の暗やみだった。

奥の部屋に何者が住んでいるかという話を家族や附近の部屋の大人たちから隆夫はよく聞かされた。高能化した猫が住んでいる筈《はず》だという意見もあった。その猫は高能化していて常に赤い口を大きく上下に開いているのだがそれは口というよりもむしろ顔の前半分が欠落していて、眼も鼻も口もその欠落した部分とともに失われ欠落した部分の周囲は黒く焦《こ》げていて、この猫に襲われた者は猫同様に高能化してやはり顔ぜんたいがもはや口腔《こうこう》だか筋肉だか血だか炎だかわからぬ真紅の口を大きく開いたような有様になってしまうという話だった。

また姓名はわからないが通称精力男と呼ばれている中年男が住んでいる筈だという説もあった。その男は朝起きると玉葱《たまねぎ》の微塵《みじん》切りを茶碗《ちゃわん》にいっぱい盛りつけてこれを朝食にし大蒜玉《にんにくだま》の漬けものを四つか五ついっしょに食い、食べてしまうと茶のかわりに茶碗いっぱいの辣油《ラーユ》をごくごくと二、三杯飲む、また韮《にら》を適当な長さに切って始終持ち歩き昼間は煙草《たばこ》のかわりにこれを食い夜は肉の辛子《からし》漬けをなまのまま食い、常に裸体で常に禿《は》げた頭から湯気というよりはむしろ蒸気を立て続けていて暗い部屋から暗い部屋へ陰茎を勃起《ぼっき》させたまま歩きまわっているという話だった。

奥の部屋からそういった怪物が出てくるかもしれないという恐怖を持ち続けなければならない他の部屋の家族に隆夫はいつも同情する。隆夫の家族の住んでいる部屋は東の縁側の北端だからそういった気味悪さはさほど感じなくてすむのである。なぜなら隆夫の家族の居間というのは東の縁側に接している八畳の間で、この部屋の奥の八畳の間は隆夫の家族の寝室になっていて、そして襖で隔てられたそのさらに奥の部屋というのは北の縁側に面した東端の部屋という勘定になりそこはそこに住んでいる家族の居間になっているのである。また隆夫の家族の居間の北側は押し入れであり襖一枚を隔てた南側は隣りの家族の居間、寝室の北側はやはり押し入れで、襖一枚を隔てた南側は隣りの家族の寝室なのである。だから奥の間に通じている襖というのはどこにもないのである。

隣りの家族の部屋や奥の家族の部屋との境にある襖は簡単に開け閉めすることができるが無断で開け閉めすることは礼儀に反することとされ隆夫たち子供もそれぞれの家族からきびしくいましめられている。開ける用のある時は大声で隣室に呼びかけ先方が開けてくれるまで待つのである。襖の上部は木彫りの模様が入った欄間になっているので声はよく通り隣室や奥の部屋の家族たちの会話や笑い声も聞きとれる。隆夫の家族は隣室の家族とも奥の部屋の家族とも同じ程度に仲がよく、両方ともに隆夫と同じ年頃の子供がいるので隆夫はしばしば家族につれられて隣室や奥の部屋へ遊びに行く。特に奥の部屋からは廊下をぐるりと迂回《うかい》しなくても北の縁側に出られるので奥の間の家族との交流は隆夫の家族にとって便利である。北の縁側にはあまり日があたらず、だから北の縁側に面した各部屋の家族たちには日光浴をする機会があまりない。だから北の縁側の東端の部屋の家族にとっても隆夫の家族との交流は便利である。彼らは日に一度日光浴をするため隆夫の家族の居間にやってくる。

この北の縁側の中央部には舟つき場があり十日に一度はこの舟つき場へ食べものの材料や材木などを積んだ伝馬船《てんません》がつく。大人たちが船から荷をおろす作業を見るため隆夫たち子供は舟がつくたびにこの舟つき場へ走って行く。檜《ひのき》で作られた縁側や廊下は表面が滑らかなので隆夫は舟つき場へ走る途中足をすべらせて転倒したことが何度もある。伝馬船から荷をおろしながら男たちは長調と短調が複雑に入りまじったこんな歌をうたう。

時計仕掛けの不景気風も
自転狂った水の世も
鼻の小皺《こじわ》であしらって
漕《こ》いで戻った昔の人が
月のかけらに残したものは
黄楊《つげ》の櫛《くし》やら地酒やら

おろされた荷は中央の廊下に面した物置や厨房に運ばれる。材木は材木ばかり置かれた二十畳ほどもある板の間の物置へ運ばれ食べものの材料は女たちの手で数ヵ所にある厨房へわけて運ばれる。

厨房に出て煮炊《にた》きをするのはそれぞれの家族の女たちの役である。食事どきになるとそれぞれの家族の女たちが食べものを盆にのせて廊下や縁側をそれぞれの部屋まで戻ってくる。朝がた母と姉が朝食を盆にのせて居間へ戻ってきて膳《ぜん》に並べるとき食器と食器が触れあって立てるかちゃかちゃという音を、まだ奥の部屋で布団にくるまったままかすかに聞きながら炊きたての飯の匂《にお》いを嗅《か》ぐのが隆夫は好きである。

隆夫は眼を醒《さ》ましたままでいつまでも布団の中にいるのが好きである。風邪をひいて熱を出した時などは布団に寝たままの隆夫を家族たちが縁側に面した居間に運んでくれる。隆夫は熱にうるんだ眼でぼんやりと屋外のさざ波のゆらめきが屋久杉《やくすぎ》の天井や障子に映えるさまを飽かず眺め続ける。障子には水面に落ちた陽光が反射し白や水色や橙色《だいだいいろ》の水玉模様になって重なりあったり離れたりしながらいつまでもゆらめいている。じっと寝たままでいつまでもそれを見ていることが隆夫は好きである。

家の外のことを『外』という以外に『海』と呼んでもいいことを隆夫が知ったのはほんの一年ばかり前だった。しかし隆夫は未《いま》だに『外』ということばと『海』ということばの使いわけができないでいる。『外』が『海』や『空』や『海と空の間の空間』を包含した概念であることはどうにかわかるのだが実際どういう場合に『外』といいどんな時に『海』と呼べばいいかがわからないのである。家の周囲に拡《ひろ》がり家の床下のながい長い根太束《ねだづか》を浸しているそのものが『海』であるならば『海』と『水』との区別がなくなるのだ。むろんその水は塩分を含んだ水だから飲み水とは異なっている。しかし大人たちはその水のことを飲み水と区別する場合にウミミズとは呼ばずソトミズと称しているのである。

東西南北どの縁側からどのように爪先《つまさき》立ちして眺めても見えるものは空と水だけである。あるいは下田老人の住んでいる最上階あたりから眺めればはるか遠くに水以外の何ものかが見えるのかもしれないがもし見えるとすれば階下への語り伝えで隆夫も話ぐらいは聞かされていていい筈である。しかし隆夫がそんな話を耳にしたことは一度もない。

縁側に腹這《はらば》いになり外へ頭をつき出してこわごわ床下をのぞきこむと数百本を越す根太束が針山の針の如《ごと》く林立し水中から垂直に突き出て家全体を支えている様子が見える。それらの根太束には檜《ひのき》や杉が丸太のままで使われていて檜の多くはそのまま屋内にまでのびて家の中の柱になっている。水面がふくれあがっている時の根太束の長さはほんの二、三尺であるが水がひいている時それは二間以上の長さになっている。中には副《そ》え木によって途中で継がれている根太束もある。その他の根太束のほとんども水中で副え木によって継がれているという話である。また老朽化した根太束は潜水の達者な若い男たちによって根継ぎされる。この根継ぎは年に四、五回行われその時は根継ぎする部分の畳や根太がはずされ柱まで抜かれることもある。根継ぎの丸太は伝馬船によって運んでこられた物置に置かれている材木の中から最も適当な長さのものが選ばれて使われるのである。水中には何があるのか水の底がどうなっているのか泳げぬ隆夫はまだ知らない。知っているのはそこに魚がいることだけだ。

どの家族の居間にも畳をあげれば根太板に水面が見おろせる一尺四方の穴が必ずひとつ開いている。これは床下へおりるための穴ではなく夜釣りのための穴である。昼間は縁側から釣り糸を垂らせばよいが夜は雨戸を閉めておくため部屋の中で魚を釣るのである。家の床下や縁側のさらに周囲には餌《えさ》を求めてよく魚が集まり時には蛸《たこ》や烏賊《いか》や海老《えび》も釣れる。隆夫たち子供もよく縁側で釣りをするがたいていは釣竿《つりざお》を何尺か下の水面に落してまた材木用の物置へ釣竿をとりに走るのである。

材木用の物置にある角材や板材は屋内の補修用に使われる。二階以上の階で補修や補強の必要がある時は二間以上ある長い角材や板材を中央の廊下の天井板と床板をはずして階上へ吊《つ》りあげる。大人たちはこれを『柱送り』と称していてこの時には二階や三階や時には四階までを見あげることもできるため一階にいる子供たちのほとんどが集まってくる。一階の天井板と二階の床板がはずされてから材木が大人たちの手で物置からかつぎ出されてくるまでのわずかの間に何階か上まで素通しになった四角い穴の真下に駈《か》け寄って上を見あげると、各階の子供たちや女たちがやはり穴の周囲に集まって階下を見おろし階上を見あげている。何階か上の天井に滑車がとりつけられおろされてきたロープに材木がくくりつけられると男たちはやたらに下属音や導音の多い不安定な節まわしの歌をうたいながらロープを引きはじめる。

じゃあぱ　ねえず
じゃあぱ　ねえず
さいぷ　りいす
さいぷ　りいす

これが二回くり返されると女子供が短三度の和音で合唱に加わる。

じゃあぱ　ねえず
じゃあぱ　ねえず
さいぷ　りいす

さいぷ　りいす
さらに熱がこもれば板の切れはしで床や柱を打ち鳴らす者もあり吊りあげられる材木が大きければ大きいほど合唱も狂躁的《きようそうてき》になる。もっとも歌詞の意味を知っている大人はひとりもいないようである。
隆夫がはじめて茜《あかね》に会ったのはほんの半年ほど前の柱送りの時だった。茜は隆夫とほぼ同い年と思える少女で他の子供たちがたいてい筒袖《つつそで》の着物を着ているのに彼女だけは四つ身を着ていた。みんなが歌っているのに彼女だけは歌わず顔に微笑を浮べていた。隆夫の顔を正面から眺めていた。自分の部屋に戻ってから隆夫は何度も彼女のことを思い出した。彼女の母親らしい女が彼女のことを茜と呼んでいたことも思い出した。それ以前にも茜に会ったことはある筈だったがそれは記憶になかった。
二度めに会ったのは隆夫が他の子供たちと階段の附近で遊んでいる時だった。茜はにこにこ笑いながら他の子供たちに混って遊んでいる隆夫の方を眺めていたがやがて袖をひるがえして南の縁側の方へ駈け出した。隆夫は茜のあとを追って駈けた。茜は廊下を右に折れて南の縁側をなおも駈け続けた。隆夫は南の縁側へ出たところで立ちどまり彼女のうしろ姿を見送った。茜は南の縁側の西端の部屋へ入っていった。そこが彼女の家族の部屋のようだった。自分の家族の部屋がある場所とちょうど正反対の場所にある部屋だと隆夫はその時そう思った。その後も茜には二、三度会った。

他の子供に話しかけることは簡単なのに茜にだけはどうしても話しかけることができないのを隆夫はいつも不思議に思う。そういえば他の子供たちが茜に話しかけているところさえ一度も見たことがない。茜が誰かに話しかけている声を聞いたこともない。茜は口がきけないのではないかと想像したこともあり、ツンボかもしれないと思ったこともあり、その両方なのかも知れないと考えたこともあるが隆夫はそれを誰に確かめる気もない。彼は茜のことを考えるたびに自分が彼女に話しかけていることばをいろいろと想像する。しかし茜が自分にどんなことを話しかけてくるかは想像できない。隆夫はいつまでも空想の中で彼女に向って際限なく喋《しゃべ》り続けるのである。

「君の部屋は南の縁側なんだろ。南はよく日があたるだろ。夏なんか暑過ぎるだろ。西の縁側ともくっついてるだろ。西は夕方に陽がさしこむだろ。まぶしいだろ。夏の夕方なんか蒸し暑くってたいへんだろ。そのかわり冬は暖かいだろ。北風が入らなくていいだろ。ぼくの部屋は東の縁側にあるんだよ。それも北の隅にあるんだよ。だから北風が吹くと寒いよ。颱風《たいふう》がきた時なんか水が波になって縁側まではねあがってくることもあるんだよ。縁側が水びたしになることだってあるんだよ。雨戸を閉めておいても駄目なんだよ。隙間《すきま》から水が入ってくるんだよ。でも部屋の中までは入ってこないよ。部屋は縁側より一尺も高いんだものね」

空想の中で隆夫は自分のことばかり喋り過ぎたことに気がついて少しあわてる。筒袖の着物を着た君は」隆夫は少しいきごんでまた訊《たず》ねはじめる。「どうして

「それで君は」隆夫は少しいきごんでまた訊《たず》ねはじめる。「どうして筒袖の着物を着ないんだい。どうして誰とも話さないんだい。どうしていつもそんなににこにこと笑っているんだい。君の歳《とし》はいくつなんだい。ぼくよりも早く生れたのかい。それとも遅く生れたのかい」

隆夫は茜の部屋が家のどの部分にあるかを知ってから南の縁側へ行くことにうしろめたさを感じはじめている。まして茜の部屋のある南の縁側の西端にはとても行くことができない。しかし中央の廊下へ出るためにはどうしても南の縁側を通らなければならない。南の縁側を通らずに中央の廊下へ行こうとすれば寝室の奥にあるよその部屋を通らせてもらって北の縁側に出なければならない。通り抜けるためにいちいちよその部屋を訪れるわけにはいかないから隆夫はしかたなく南の縁側に出る。この縁側のつきあたりに茜の部屋があるのだと思っただけで何かしら気が咎《とが》める。中央の廊下へ出るだけなら茜の部屋の前を通る必要はなく途中で右へ折れればよいのだがそれだけでも気が咎める。だから隆夫は南の縁側を早足で通り過ぎ中央の廊下へとびこむのである。

中央の廊下の幅は縁側の幅より三倍も広くて約一間半ある。一階に住んでいる者は一日に必ず一度以上この廊下にやってくる。いろいろな用を足しにくるのである。だから賑《にぎ》わっている。それは女たちのように台所へ行くための場合もあれば必需品をとりに物置へ行くための場合もあり便所へ行くための場合もあれば隆夫たち子供のように階段の附近に集まって遊ぶための場合もあり、また浴室へ行くための場合もある。

浴室は廊下に面した脱衣場からさらに奥へ入ったところにあり、ここは一十畳分はあろうと思える広さでその三分の一が浴槽《よくそう》になっている。あとは洗い場で、洗い場の床は洗った湯が床下へ流れ落ちるように目のこまかな板の簀《す》の子《こ》になっている。だから床の隙間に眼を近づけるとはるか床下の水面を見ることができる。

子供は父親か母親のいずれかにつれられてでなければ入浴できないきまりになっている。隆夫は父親につれられてくることもあるし母親につれられてくることもある。隆夫は入浴が好きである。特に浴槽の中で湯に浸《つか》って眼を閉じて高い天井にうおんうおうおと反響し続けている浴室内の、この世のものとも思えぬ奇妙な騒音に耳を傾けて眠気をこらえている時が好きである。

浴槽の湯には『外水《そとみず》』ではなくて『飲み水』が使われている。もっともほんとに飲めるほど綺麗《きれい》な水ではない。隆夫が聞いた話では最上階にある雨の水を貯《た》めておく装置には飲み水用と浴用のふたつの種類があるという。しかし同じ雨の水がどうして片方は飲めないくらいに汚れるのか隆夫にはわからない。もしかすると上の階の者の入浴した湯が順に階下へ送られてくるのではないかと思うのだがまだそれを誰に確かめてもいない。

大人の男たちや女たちは床下から涼しく潮風の吹きあげてくる簀の子の上にべったりと尻《しり》を据えて身体を洗いながら長いあいだ喋りあっているが隆夫の父や母は比較的早く脱衣場に戻ってしまう。できるだけ浴槽の湯にながく浸っていたい隆夫にはそれが物足りないのだが一緒について出るよりしかたがないのである。だから隆夫が浴室で茜に会ったことはまだ一度もない。

浴室から戻ってくると隆夫の父は廊下の端の雨戸を一枚だけあけて潮風に吹かれる。ほんとは夜になってから雨戸を開いてはいけないのだが居間の前の東端の雨戸を一枚戸袋に入れるだけだから相当強く風が吹いている夜でも他の部屋の迷惑にはならない。隆夫は父と一緒なので安心して縁側に腰をおろし並んで足をぶらぶらさせながら涼む。ひとりで縁側に腰をおろしていて水に落ち溺死《できし》した子供は多い。

縁側から夜空を見あげるとそれが晴れて星の出ている夜なら月も出ていることがある。その月は円に近い形をしている時もあり楕円形《だえんけい》の時もあり海鼠《なまこ》のようにぶよぶよと細長い時もあり腕を海星《ひとで》のように放射状にのばしている時もある。

隆夫は父に訊ねたことがあった。「月はなぜあんなに形が変るのだい」「月はひとつの大きな星ではないそうな」父はそういった。「月は幾万幾億という数の岩や石の集りだそうな。その岩や石は小は数百噸《トン》から大は数億噸もあるそうな。それらはみな互いの引力でそれぞれの間に、ある距離の間隔を保ちながら空を漂っているそうな。ただ遠くから見れば岩石のひとつひとつは見えないから一つの星に見えるのだそうな。もともとはただひとつの塊りでできている星だったそうなが何かが原因でそのように分裂したのだそうな」

父は隆夫が訊ねればたいていのことは教えてくれる。父にもわからないことがあればその部分は想像で補って教えてくれる。時には父にもまったくわからず誰に訊ねてもわからないことさえある。しかし中には知っていて教えてくれない場合もある。そういう時それは訊ねてはいけないことか子供が知っていてはいけないことなのだろうと思い隆夫はそれ以上くどく訊ねようとしない。しかしどうしても知りたくてしかたのないことがひとつだけある。

それはあの伝馬船《てんません》がどこへ行きどこからどうやってあれだけ大量の材木や食糧をとってくるのかということである。そこにある材木や食糧はいくらとってもなくなることはないのか、また魚のように水の中に無尽蔵にあるのか或《あるい》はそれ以外のどこかに置かれているのかということである。「伝馬船はどこから材木や食べものをとってくるんだい」隆夫は父に訊ねたことがあった。

父はしばらく隆夫の顔を眺めていたがやがて眼をそらすようにしながらぽつりといった。「まだ知らなくていい」

それはそのことに関して二度と訊ねてはいけないということだった。それ以来隆夫がそれを訊ねたことは一度もない。しかし父は伝馬船の行く先を知っている筈《はず》なのである。なぜなら父も他の大人の男たちと同じように百日に一度はその巨大な伝馬船に乗って家を出て行くからだ。

家を出た伝馬船は十日間帰ってこない。だから父は百日のうち十日だけ家にいない。これは一階に住んでいるよその部屋の大人の男たちも同様である。交代で出かけて行くのだ。時には十日経《た》っても戻ってこない場合がある。たいていは途中で暴風雨に会ったりしたため二、三日遅れて戻ってくるのだがそれでもそんな時は一階の全員が心配する。しかし材木や食糧を欠かすことはできないためもう一隻《せき》が帰らぬうちに予備の伝馬船が出航したりもする。伝馬船は二隻あり一方が出かけている間もう一方は舟つき場で補修されているのである。

出かけた伝馬船がついにそのまま戻ってこなかったということが隆夫の生れる前に二、三度あったそうである。暴風雨で顚覆《てんぷく》したのだろうといわれている。だから暴風雨になると全員が航海中の伝馬船のことを心配する。あるじや息子が出かけている家族などは夜も眠れぬほど心配する。そんな時一階に住んでいるすべての家族は乗組員の家族たちの気持を察してひっそりとそれぞれの部屋にとじこもってしまいなるべく廊下へ出ないようにするのである。

その夜、暴風雨がやってきた。

折も折その日は暴風雨で死んだ男たちや水に落ちて溺死した子供たちを葬《とむら》う年に一度の慰霊祭の日だった。中央の廊下に面した三部屋を隔てる襖《ふすま》がとり除かれて大広間となり祭壇が設けられ香が焚《た》かれた。昼過ぎには僧衣をまとい袈裟《けさ》をかけた十数人の男が二階からおりてきて読経《どきよう》をはじめた。六、七歳以下の子供は出席を許されなかった。しかし一階の各家族から少なくとも一人ずつは出席しなければならなかった。隆夫は家族全員と共に出席した。うす暗い大広間へぎっしり集まって頭《こうべ》を垂れ蹲《うずくま》る人間たちの丸くした背に燈明《とうみょう》が映え隆夫にはそれが悪夢のような気味悪い光景として感じられた。眠気を催す木魚の単調なリズムと低い読経の声に隆夫は前にすわった父親の巨大な背中の蔭《かげ》にかくれて少しうとうとした。うとうとしながら茜はきているだろうかと考えた。茜の家族で誰か溺死した者がいるだろうかとも考えた。

隆夫はもうだいぶ以前からもし茜の家族と知りあうことができたら彼らは自分を家族の一員のように扱ってくれるだろうと信じていた。自分がいつか突然南の縁側の西端の茜の家族の部屋へ行けば茜の家族はそのまま自分を家族の一員に加えてくれるに違いないと確信していた。なぜそんなことを信じはじめたのだろうと隆夫は考えた。そしてまたそれだけ確信していながら茜の部屋に近づくことさえできない自分を不思議に思った。

読経が終った直後二階からおりてきたひとりの男が最上階にいる長老下田老人のことばを全員に伝えた。夕刻から暴風雨になりその暴風雨は四、五日続くだろうということだった。なぜそんなことが前もってわかるのかと隆夫には不思議だったが大人が騒ぎ出し真剣に心配しはじめたところを見るとそれはやはり疑いの余地のない確かなことなのだろうと思えた。乗組員の家族の中には泣き出す者もいた。

「さてこの前はもはや一日だけ続いた時化《しけ》で顛覆した。はて四、五日も続いたのではとても駄目だろう」

声高にそう口走ったため周囲の者から睨《にら》まれ窘《たしな》められている男がいた。それを聞いた数人の女がさらに激しく泣きはじめていた。慰霊祭は早早に切りあげられて全員がそれぞれの部屋に戻った。

雨は夕方から降りはじめた。空は紫がかった灰色に変り風が水面を白く波立たせはじめた。一階ではすべての雨戸が閉められそれは外側からあるいは内側から角材や板材でさらに補強された。縁側や廊下に面したすべての部屋の障子もまたぴったりと閉められた。部屋の中の床板をはずして夜釣り用の穴から見おろすと水面はふくれあがり床下四、五尺の高さにまで水嵩《みずかさ》が増していて黝《くろ》く大きくうねる波頭の白い泡は床板の裏面にまで届いていた。父親は穴に床板を釘《くぎ》で打ちつけた。

暗い部屋の中で隆夫は家族と共に夕食をした。誰も何も言わなかったし隣りの部屋からも奥の部屋からも話し声は聞えてこなかった。暴風雨のくるのが父の航海中でなくてよかったと隆夫は思い母親も姉も父親自身もそう思っている筈だと思ったが誰もそう言わないところを見るとそれも言ってはいけないことらしかった。隆夫は夕方から悪寒《おかん》がしていた。熱があるのかもしれないと思い風邪をひいたのかもしれないと思った。眼に涙が溜《た》まって燈火に照らされた家族たちの顔がかすんで見えた。隆夫は以前に訊ねたことを今もう一度訊ねようと思った。あるいは叱《しか》られるかもしれないがそれは自分に熱があったせいなのだとあとで皆にわかってもらえば許してくれる筈だと考え、そもそも訊ねてはいけない筈のそんなことを訊ねようとするのも自分が少し熱に浮かされているせいなのだと思って自分を納得させ勇気づけた。

隆夫は父の顔をまともに眺めて訊ねた。「伝馬船はどこから材木や食べものをとってくるんだい」

眼がうるんでいて父の表情の変化をはっきりと知ることができず隆夫はそれをむしろさいわいだと思ったものの急に父が不機嫌になったらしいことは母と姉が一瞬顔を見あわせたことからもありありと感じとることができた。

父は答えなかった。あきらかに父は隆夫が以前同じ質問をしたことを記憶していた。そしてまたそれがくり返し訊ねてはいけないことであると承知していながら隆夫が強いて同じ質問をしていることにも気づいている様子だった。父は隆夫が自分の大きな過《あやま》ちに気がつくまで黙っているつもりらしく隆夫にもその父の意図はよくわかったが隆夫にとっては逆にそれこそがさらに大きな苛立《いらだ》ちと焦《あせ》りの原因になった。母と姉が次第におどおどしはじめ父の表情をうかがうのを見てさらに隆夫は父へのはげしい反抗心を眼醒《めざ》めさせた。

「伝馬船は、どこから、材木や、食べものを、とってくるんだい」母親が腰を浮かせたかと見えるほどに大きく身じろぎした。「あんた」彼女は父親にいった。「教えてやっても別に。どうせ行かなきゃ。先じゃ」姉も箸《はし》を休めて父を眺めた。父だけが黙って食べ続けていた。母がうわずろうとする声を押さえさらに言った。「どうせ大きくなりゃ、いずれは。だって、前もって、少しは知っとかないと。何も知らないどいて、それで島へ行ってから、いざ屍体《したい》の」すぐ口をすべらせたことに気づいた彼女は自分の唇に手の甲を強く押しあてた。

沈黙が続いた。また大きな波頭が床下にはげしくあたって部屋が揺れた。それは次第に強さを増していた。

やがて父がゆっくりと母に答えた。「まだ教えてはいかん」

「どうしてまだなんだい。どうしてまだなんだい」禁忌に触れる際の恐怖心が麻痺《まひ》していた。隆夫は父を睨み据え熱に浮かされたようにくり返し訊ねた。「どうしてまだなんだい。どうしてまだなんだい。どうしてまだなんだい」

父が箸を卓袱台《ちゃぶだい》の上へそっと置いた。隆夫は息をとめた。母も姉も身をこわばらせていた。

父はゆっくりと隆夫に顔を向けていった。「出て行け」

「熱があるんだよ。この子は熱があるんだよ」すぐに母が泣き顔でそういった。「眼をごらんよ。熱があるんだよ。熱に浮かされてるんだよ」

父親は無言のまま箸をとりふたたび黙って食べはじめた。母がうなだれた。隆夫も悄然《しょうぜん》として箸を置き次いで茶碗《ちゃわん》を置いて俯向《うつむ》いた。姉がすすり泣きはじめた。

たとえ熱のせいにもせよもはや彼のことばを父が許してくれそうにないことは隆夫にもわかった。むろんいつかは許してくれるであろうことは知っていたが多少の時間の経過だけでは父の怒りは和《やわ》らぐことがないであろうこともまた確かだった。熱があるのにと隆夫は思った。外は暴風雨なのにと隆夫はそう思った。しかし出て行かなければならないのだろうとも思った。隆夫はとっくに出て行こうと決心していた。隆夫がまだじっと坐《すわ》ったままでいるのは立ちあがるきっかけがないからに過ぎなかった。

父が隆夫の顔を見ないでもう一度いった。

「どうした。出て行け」

立ちあがるきっかけを作ってくれた父に隆夫はむしろ感謝した。隆夫は立ちあがった。

「こんな晩だというのに」母が泣き出しながらそういった。「よりによって、こんな晩だというのに」涙にむせて咳《せ》きこんだ。「今まで、こんなことはなかったのに」

母の愚痴と姉の嗚咽《おえつ》をうしろに聞きながら隆夫は部屋から一尺さがった縁側におりてもと通り居間への障子を閉めた。大粒の雨が強風で雨戸に叩《たた》きつけられ暗い縁側に満ちているその音は今や轟音《ごうおん》に近かった。誰の姿もなく各部屋の明りだけが障子越しにぼんやりと縁側を照らしていた。しかし縁側のつきあたりの南の縁側への曲りかどまで見通すことはできなかった。そのあたりは闇《やみ》だった。

どこへも行けないことを隆夫は知っていた。たとえいくら親しくしている近所の家族の部屋であったとしても入って行くことはできなかった。自分の家族から部屋を追い出された理由を説明しなければならなかったからだし説明すればその家族からも嫌われて追い出されてしまうに違いなかった。しかもこのような暴風雨の晩なのだから尚《なお》さらだと隆夫は思った。

ふと茜のことを考えた。茜の部屋へ行こうかと思った。茜の家族なら自分を追い出さないだろうとふたたび確信に近い思いでそう想像した。部屋に自分を迎え入れてくれるであろうしそのまま家族の一員として、茜と共に子供のひとりとしていつまでも置いてくれるのではないかと湧《わ》きあがるような喜びとともに隆夫はそう考えた。想像しただけでも涙ぐんでしまうほどそれは嬉《うれ》しいことだった。しかし行くことはできなかった。茜の家族の誰かが現在出航している伝馬船の乗組員であった場合のことを考えればとても行けないと隆夫は思った。だがそれは口実にすぎず本当はやはり茜の部屋へ行こうとすることに故《ゆえ》知れぬうしろめたさがあるからかもしれなかった。とても行けないと隆夫は泣き出しそうになりながら思った。知らぬうちに茜の部屋の前まで来てしまっていたというのならどんなにいいだろうと隆夫は思った。もしそうならあるいは茜の部屋へ入って行く勇気が出るかもしれなかったし仮にもし勇気が出なかったとしてもその部屋の前で佇《たたず》んでいれば必ず茜かまたは茜の家族が障子を開いて隆夫に気づき中へ入れてくれる筈だった。それもやはり確信に近い空想だったため隆夫はまた眼をうるませた。しかし南の縁側にさえ出る勇気が湧いてこないのではすべてはいくら空想してもどうにもならないことだった。

雨戸の隙間《すきま》から風が冷気を吹きこんでくるらしく縁側は寒かった。また悪寒がした。熱があるのにと隆夫は思った。ぼくは病気なのにと思った。暖かい場所を見つけなければならなかった。

縁側のつきあたりにある片開きの板戸を開き隆夫は余分の布団《ふとん》がぎっしりつまっている押し入れの中に入った。押し入れには隆夫の背ほどの高さの仕切りがあって上段と下段にわかれていた。隆夫は下段に積まれた布団と仕切りの間に身体を押しこんだ。

それから腕をのばして開いた板戸をもと通り閉めた。布団の上に仰向《あおむ》いて寝ると仕切りの松板が鼻さきにあった。そこは暗闇で一条の光もなかった。しかし冷たい風は入ってこなかった。藁《わら》布団が隆夫の体温であたたまりはじめるには長い時間がかかった。隆夫は何度か身顫《みぶる》いした。布団があたたかくなるにつれ隆夫は眠気に襲われた。頭が重く感じられた。風邪をひいてるんだ、ぼくは病気なのだと隆夫はまたそう思った。そう思いながらうとうとした。押し入れの中に入ってからも雨が暴風で雨戸に叩きつけられる音はあいかわらずやかましかった。なかなか眠れなかった。だあんという音がして眠りかけていた隆夫はまた眼を醒《さ》ました。波が雨戸にぶつかった音だろうと隆夫は思った。水嵩が増しているに違いなかった。

もし波が雨戸を破ったらどうなるだろうと隆夫は考えた。それに次いで不吉な想像がいくつも頭に浮びはじめた。

風と波で根太束《ねだづか》が折れたらどうなるのだろう。何本ぐらい折れたらこの家は倒れるのだろう。根太束が折れなくてもその前に風で家全体が横倒しになるかもしれない。そうなったら住んでいる者はぜんぶ死んでしまうのだろうか。下田老人や高能化した猫や精力男もみんな死んでしまうのだろうか。こんな押し入れなんかに入っていたのでは家が倒れた時に逃げ出せなくなるのではないだろうか。そうだ。ぼくは泳げないのだ。たとえ逃げ出せても溺《おぼ》れて死んでしまうではないか。いや。何かにつかまればいいのだ。浮いている何かにつかまればいいのだ。では何が浮くのか。舟つき場にあるあの伝馬船《てんません》に運よくつかまることができるかもしれない。いや。やっぱりだめだ。伝馬船が暴風雨のために顚覆すれば乗組員はみんな死んでしまうというではないか。この家は倒れても浮いているだろうか。浮いている家にけんめいにしがみついていてもやっぱり波にさらわれてしまうだろうか。このあたりの深さはどれくらいあるのだろう。もし浅ければたとえ家が浮かなくても家のいくらかの部分は水の上に出ていることになるがそこにつかまっていてもやっぱりだめなのだろうか。

波が雨戸にぶつかる音はますます大きくなり暗黒の中で床板や柱や壁が隆夫の眼を醒まそうとするかのように強く軋《きし》んだ。家は揺れていた。それは隆夫が押し入れに入ってからもなおはげしさを加えていた。それでも長い時間ののちにはとうとう睡魔をふりはらうことができなくなって隆夫は眠った。熱のため夢の中でも頭痛がした。その夢は悪夢だった。悪夢の中にはしばしば灼熱《しゃくねつ》の太陽が登場した。隆夫は汗をびっしょりかいた。息苦しかった。そのくせ夜半に眼醒めればその時だけは悪寒がした。眼が醒めても隆夫には自分がどこにいるのか思い出すことができなかった。戸外の轟音だけが周囲の嵐《あらし》を隆夫に告げた。嵐の中で船に乗っているのだろうかと隆夫は思った。

ふたたび眠りに落ちた。また夢魔に襲われた。隆夫は嵐の中にいたがそれでも太陽は中天にかかっていた。隆夫は全身を濡《ぬ》らしながら太陽に照りつけられ暑さにあえいでいた。船に乗っているらしく隆夫は揺れていた。しかし船が揺れているのか隆夫のからだだけが揺れているのかよくわからなかった。

次に眼醒めた時あたりは薄明の中にあった。暴風雨の轟音にまじってかすかに水音がしていた。それは夢の中では隆夫が船の舷側《げんそく》を洗う波の音であろうと思っていたぷちゃぷちゃという軽い音だった。仰向いたままで熱にうるむ眼を大きくあけると雨戸の隙間から入ってきた薄い昼の光と砕けた波のしぶきが粉になって縁側の宙を舞っていた。真上には杉板の天井があった。いつ自分が押し入れから縁側へ出てきたのか隆夫にはよくわからなかった。頭《こうべ》をめぐらせて雨戸の反対側を見るとそこにはぴったり閉ざされたままの障子があった。どこの部屋の障子なのかはわからなかった。そして隆夫のからだはあいかわらず揺れていた。なぜ揺れているのだろうと隆夫は思った。頭が重く身体がだるく手足を動かすことさえ面倒だった。

しかし身体のけだるさよりは好奇心の方が強かった。隆夫は上半身を起して自分の周囲を見まわした。縁側は水浸しになっていた。一尺の高さの障子の敷居すれすれに水が縁側を浸していた。縁側は川のような有様だった。そして隆夫は藁布団の上に横たわったまま水面に浮んでいた。屋外の水面もきっとその高さにまでふくれあがっている筈《はず》だった。縁側に入ってきた水がさらに押し入れの中を浸して隆夫の寝ている藁布団を縁側に押し流したに違いなかった。押し入れの板戸をしっかり閉めておかなかったからだろうと隆夫は思った。藁布団は隆夫を上に乗せたまま縁側に流れ出て水深一尺足らずの水の上を漂っていた。どうやら東の縁側を北から南に向って漂っているらしく思えたが、どのあたりまで漂ってきたのか隆夫にはわからなかった。首をもたげて北の方を眺めてももはや押し入れのあたりは暗くて見通せなかった。南を見ても先の方は暗闇だった。それでも雨戸の隙間から薄明りが射《さ》しこんでいる以上昼間であることは確かだった。南の縁側の西端には押し入れがあり、そこから先へは行けない筈だったがそれ以前にはたしてそこまで行けるのかどうかが疑問だった。だがそこが茜の部屋である限りそこへ漂いながらたどりつくのではないかという望みを隆夫は抱かずにいられなかった。ただ押し入れにつきあたった時障子を開いた茜の家族に発見された自分が生きているか死んでいるかがわからなかった。

そこまで考えて隆夫はまた布団の上にぐったりと横たわった。悪寒《おかん》はさらにはげしく口の中は苦いものでいっぱいだった。舌が膨《ふく》れあがっていて自分の舌ではないようだった。汗のせいか藁布団が吸いこんだ水のせいか全身が濡れていた。隆夫は顫《ふる》え続けた。肺炎になったのかもしれないと隆夫は思った。このまま死ぬのかもしれないとそう思った。

戸外の暴風雨はますます強くなっていた。暴風雨が終らぬ限り誰も障子を開けることはない筈だった。死にかけているところを誰にも発見されずに死んでしまうのだと隆夫はまたそうも思った。ほとんど気を失うように隆夫はまた眠りに落ちた。

さらに何度か彼は漂い続ける布団の上で眼を開いた。しかしはっきりと意識をとり戻したわけではなく彼の眼に何かが映ったわけでもなかった。彼はすぐまた眠った。もう夢も現実も見さかいがつかなかったし夢さえはっきりしたものではなくそれはむしろ粉ごなになった意識の断片だった。その意識の断片は時には『隆夫の部屋にきて隆夫の家族とともに朝食をとっている茜』であり時には『伝馬船の上にいる隆夫自身と隆夫の父親の複合体』であり時には『実は下田老人である隆夫の父親』であった。

次に意識をとり戻した時はすでに夜だった。隆夫が漂っている縁側のすぐ横の障子がぼんやりと室内の燈火《とうか》で明るくなっていた。そしてそのあかりが隆夫と隆夫の周囲の水面だけをぼんやり照らしていた。戸外からの薄明りはなかった。あきらかに夜だったがしかしその夜が押し入れに入った時からかぞえて幾晩目の夜なのかはまったくわからなかった。暴風雨の音さえも彼自身の幻聴や耳鳴りと区別することはできなかった。意識が戻ったのはほんの数分だった。その数分の間に隆夫が知ったことは彼が今縁側の曲り角に浮んでいるらしいことと全身が熱で火のように熱いことだけだった。東の縁側の南端にまで漂着したのかなと隆夫は思ったがそんなことはもうどうでもよくなっていた。南の縁側の西端にたどりついて茜の家族に発見された自分を想像しても感動することはなかった。醒めていてさえさまざまな幻覚が彼を襲い続けて思考を寸断した。もう死ぬことさえ恐怖をともなわずに意識することができた。ただ飲み水だけが欲しかった。縁側を浸《ひた》している水がなぜ一尺以上の高さにならないのかと隆夫は考えた。もし一尺以上の高さになれば水は一階の各部屋を浸しはじめる筈だった。そうすれば大騒ぎになり人びとは障子を開いて隆夫を発見する筈だった。そして水を飲ませてくれる筈だった。水が飲みたいと隆夫は切実に望んだ。そしてまた意識を失った。

隆夫は漂い続けた。渇きと障子の彼方《かなた》の低い人声だけが時どき隆夫の意識を蘇《よみがえ》らせた。

「これでもう三日にも」
「水はまだ縁側に」
「浸水だけはどうにか」

「そろそろ雨が」

「風もどうやら」

「北の縁側ではきっと」

隆夫は漂い続けた。南の縁側のどこかを漂っているらしいことだけは漠然とわかった。自分がなぜそこを南の縁側だと判断したのか隆夫自身にはよくわからなかった。障子の彼方の話し声や話の内容が自分にそう判断させたのだろうと隆夫は思った。

ある日うとうとしながらうすく眼を開いた時彼は水面に浮んでいる四個の蜜柑《みかん》を見つけた。それに類した夢を見続けてきたため幻覚なのか現実なのか区別はつかなかったがともかく隆夫は手をのばして蜜柑を四個とも布団の上に拾いあげた。そのうちの二個を皮ごと食べた。この蜜柑は台所から流されてきたに違いないと隆夫は思った。南の縁側の中ほどの中央の廊下に近いところを漂っているのだろうと彼は蜜柑を食べながら想像した。二個めの蜜柑を口の中に頬張ったまま隆夫はまた眠った。

起きては蜜柑を食べまた眠った。起きるたび周囲が明るくなってきていることに隆夫は気づいた。起きるたび自分の意識が次第にはっきりしはじめていることにも気づいた。風雨の音は弱まっていた。もうすぐ陽光が雨戸の隙間から射しこむに違いないと彼は思った。その頃には自分の身体の調子ももとに戻り自分は南の縁側の西端にたどりついているだろうと隆夫は考えた。そう考えると嬉しくなった。なぜ南の縁側の西端にたどりつくのがそんなに嬉しいのかその理由まで思い出すことはまだできなかった。隆夫は蜜柑を全部食べてしまってから何度めかのながい眠りに入った。

南の縁側の西端にたどりつくには一週間かかった。

（「海」昭和四十六年六月号）

ヨッパ谷への降下

共に生活しはじめた朱女《あけめ》という娘は奇妙な女性で朝飯を食べている時きらめくような眼《め》で碗《わん》の中をのぞきこみ「ご飯の中に社会が見えます」だの「お味噌汁《みそしる》の中に国家があります」だのと口走る。なかば冗談でなかばは本気なのだが当然そういう異様な感受性も含め朱女が好きになったから一緒になったのだ。何代も続いた古い家なので両親が死んだ今たったひとりではとても維持できぬほど大きな家でもある。だから朱女をつれてきたのだった。

家にはこの村の他の家と同じくヨッパグモの巣もちゃんとある。わが家の巣は居間《いま》として使っている八畳間の北東の隅《すみ》にあるのだが巣のある場所は家によって異っている。廊下の突きあたりに巣をつくられてしまった家もあるそうだ。その突きあたりには本来便所があったのだがヨッパグモによって片開きの戸の前に巣が張りめぐらされたため開かずの便所になってしまったという話である。

ヨッパグモの巣はたいてい家の中の床から天井まで隙間《すきま》なく張られてしまう。乳白色をした半透明の細い糸でこまかく張りめぐらされるため一見絹のようにきらきら光って繭《まゆ》の表面のように艶《つや》やかだが実は巣の中ほどまで透けて見えているのだ。巣の厚みはだいたい三尺から四尺あるため奥の壁まで透けて見えるということはない。強い陽光があたれば奥まで透けて見えるのかもしれないがヨッパグモは太陽の光が嫌《きら》いでありたいていは家のいちばん暗い片隅の部分に巣を作っている。表面がきらきら光るのは電燈《でんとう》の光のせいであり電燈が二十燭光《しょっこう》であっても百燭光であってもそれぞれそれなりに美しく光るのだ。その美しさは絹の反物の如《ごと》く平面的な輝きによるものではないため例えようもなく奥深い美しさである。

ヨッパグモというのは体長一粍《ミリ》にも満たぬ乳白色をした不透明の生物で何千匹もがひとつの巣の中に棲《す》んでいるらしい。共同生活をする上雑食性なのでヨッパグモと呼ばれてはいるものの厳密には蜘蛛《くも》類ではないのではないかとも思えるのだ。巣に向かって眼を凝《こ》らすと彼らの姿が乳白色の点として巣のあちこちに点点と見え彼らはほとんど動かない。しかしたとえばこの巣の表面に向けて食べものの残りなどを投げてやると粘り気の多い糸にひっかかった食べものめがけて周辺にいる数百匹がその一点へと殺到する。見ている者にとってそれは厚みのあるシルク・スクリーン上の動く濃淡として美しく眼に映じるのだ。収縮する星雲またはフィルムを逆に回した波紋のようでもある。

どこの家でもヨッパグモの巣を大切にする。一軒の家にひとつだけ作らせておけば他の場所にそれ以上作ることはないので住人の生活にさほど迷惑は及ばない。ただ時おり小さな子供が巣にひっかかってしまい脱《ぬ》け出せなくなるということが起る。たいていは親が見つけ出してすぐ救出するから大事に至ったことはまだ一度もないようだ。もしひと晩とか丸一日とか抛《ほ》っておかれたらおそらく全身を糸で隙間なく巻かれてしまい窒息するのだろう。まだ両親が生きていた子供の頃のことだが一度だけ巣にめりこんで動けなくなったことがある。近所の子供たちをつれてきて家の中で走りまわっているうち巣の存在を忘れたのだった。とびこんでしまったので足が床から離れていたし全身にからみついた糸は恐るべく強靭《きょうじん》だった。身動きすらできぬまま顔や手足の露出した部分を無数のヨッパグモに噛《か》まれ続けたあの感覚は今になっても忘れられない実に奇妙なものだった。二歳の夏であったと記憶している。

他の子供たちが騒ぎ立てたためすぐ母親に助け出されたからよかったものの朱女の場合は半日そのままだったと言う。両親が畠《はたけ》に出ていたのだ。その体験が彼女を風変わりな娘にしたのかもしれない。眼の前にはただ乳白色の靄《もや》があるだけで全身に力が入らずヨッパグモに齧《かじ》られて異様な幻覚に襲われ続けるあの経験が半日も続いたのではなるほど味噌汁の中に国家を見出《みいだ》す異常感覚の持ち主となっても不思議はない。

村人たちがそれぞれ自分の家にあるヨッパグモの巣を大切にするのはそれがこの村にもう何代も居住しているあかしとなるからである。建てたばかりの家にヨッパグモが巣をつくることはない。そして彼らは家の片隅の天井から床までの壁ぎわに奥行き三尺から四尺の巣をつくってしまい何千匹かがそこへ居ついてしまうともうそれ以上巣を拡《ひろ》げることもそれ以上繁殖することもない。飽和状態になるからであろう。

とはいうもののヨッパグモたちは小さなからだに似合わずなかなかの大食なのだ。晩飯の残りのじゃがいもの煮つけのそれも相当に大きな塊《かたま》りを投げてやると引っかかったところへさして四方八方からかけつけたヨッパグモによってそれはたちまち乳白色に輝やく塊りとなるが翌朝には跡形もない。巣の下方の床すれすれの部分には糸にくるまれて鼠《ねずみ》の骨らしいものが常にたくさん引っかかっている。もし誰も助け出す者がいなければ幼児だって何日めかには骨にされてしまうのかもしれない。

その晩も八畳間で朱女と晩飯を食べていた。

「お豆腐の中に社会が見えます」いつものように朱女は冷奴《ひややっこ》に眼を凝らした。

「きっとまっ白けの社会だろうね」軽く笑って相槌《あいづち》をうつ。それからふと思いついて彼女に訊《たず》ねてみた。「あのヨッパグモの巣の中には何が見えるの」

彼女は巣に眼を向けて答える。「いつもと同じです。あの中には政治が見えます」

「ははあ。政治をやっているのか」

「いえ。政治をやっているのが見えるのではなく政治が見えるのです」

社会とか国家とか政治とかいった形のないものが見えるという朱女の感覚はどのようなものなのだろう。

「あのヨッパグモはこの村にだけしかいない生物らしいけど何故《なぜ》だろうね」

朱女は凛《りん》とした眼をこちらに向けた。「地磁気の関係じゃありませんか。この辺の磁性は強いようです」

「そんなことも感じるのかい」

「感じます」

「この辺は火山帯なのだろうか」

「あるいは鉄鉱脈があるのかも」

「ではこのあたりだとヨッパ谷の磁性がいちばん強いということになるね」

ヨッパ谷というのはこの村からサイカチ山だの隣り村だのへ行く境にあってそれは底知れぬほど深い陽《ひ》の射《さ》さぬ谷であり底には僧都川《そうずがわ》が流れている。「底知れぬほど」

であるのは吊《つ》り橋から谷底が見えないからであってそれはヨッパグモが巣をつくっているからだ。全長十二間にも及ぶながい吊り橋の中ほどから見おろせば下方二十尋《ひろ》のあたりにまで半透明乳白色の巣が盛りあがっている。そのあたりから谷底の僧都川までどうやら何十尋にも及ぶ厚みで巣は張りめぐらされているらしい。そのヨッパ谷こそがヨッパグモの本拠であろうとされていてそこに棲むヨッパグモの数となるともう何万匹いることとやら何十万匹いることとやら想像がつきかねるほどなのだ。村人たちは僧都川の上流へ魚を獲《と》りに出かけることがよくあるのだが上流にあるヨッパ谷の入口の川幅が狭くなったあたりには金網が張られているから人が流されたりした場合でもヨッパグモの巣の下まで流されていくということはない。ヨッパ谷の下流へ行って崖《がけ》下《した》から見あげるとヨッパグモの巣は水面すれすれにまで作られている。だから村人たちはヨッパグモが水面から跳ねて躍りあがり巣にかかった魚を食うこともあるのではないかと想像したりもしている。

シロという名の桐吾《とうご》の犬が吊り橋から足を踏みはずしてヨッパ谷へ落ちたことがある。猟師をしている桐吾の話によれば彼の飼っているただ一匹の猟犬だったシロは悲しげに吠《ほ》えながらたちまちその姿を綿のように柔らかく盛りあがった乳白色の巣の中へと消してしまったものの吠え声だけはゆるやかに遠ざかりながらもずいぶんながい間聞こえ続けていたという。

「朱女も毎日吊り橋を渡るのだ。気をつけるように言っといてくれ」

その話をした時桐吾は真剣な眼でそう言った。朱女は毎日サイカチ山へ漢方薬の原料にする皁莢《さいかち》をとりに行くのだ。吊り橋はずいぶん古くなり橋板の横木の中には腐りかけているのもあるという話だった。

桐吾も朱女も近くの町にある高校での同級生だった。桐吾も朱女が好きだったようだがこの村では恋愛結婚がどちらかといえば異常なことと思われていたため早くからあきらめていたようだ。われわれの結婚はしばらく村での話題となった。「恋愛」ということばさえ通常の会話で使われることがなかったため村人たちは「あのふたりはレンアイをした」というただそれだけのことを話題にし続けたのだ。「恋愛」のアクセントが平板であることも知らず彼らは「レンアイ」とレにアクセントを置いていたようだ。

「なんとなくお前たちが謀叛《むほん》をくわだてたとでも言いたげな話しかたをしているよ」

桐吾が笑いながらそう教えてくれたのだった。そのころからもう五年経《た》っている。

「たいへんだ。朱女がヨッパ谷へ落ちた」

ビニールハウスにいると桐吾が駈《か》けてきた。顔は蒼白《そうはく》だった。そして泣いている。

ただ朱女の転落を目撃したというだけではなさそうだったが詳細はあとで聞ける。朱女に話したことこそ一度もなかったがこのようなことになる不安はもうだいぶ以前からあった。そのためにザイルを買っておいたのだ。家へ駈け戻りながら桐吾に叫ぶ。

「晃人《あきひと》を呼んできてくれ」

桐吾は無言で駈け去る。ザイルと鎌《かま》を持ち自転車で吊り橋に駈けつけた時すでに桐吾は同世代の者三人をつれてたもとで待っていた。百メートルもあるザイルは重くて運ぶのに時間がかかったのだった。五人とザイルの重量に吊り橋が耐えられるかどうか心許《こころもと》なかったのでザイルをたぐり出させるために橋のたもとに二人を残しザイルの先端を持って桐吾と晃人を従え吊り橋の中ほどへ出た。橋板の横木が数本折れて垂れ下がっていた。眼下の白い巣の盛りあがりの中央に陰翳《いんえい》のような窪《くぼ》みがあった。少し風が強かった。胸にザイルを巻きつける。手伝いながら桐吾が告白した。ここで朱女とすれ違おうとした桐吾が彼女の胸に手をのばしたのだった。以前の桐吾なら朱女に対してとてもそのようなことはできなかったであろうがお互い結婚して以来多少図太くもなっているだろうから冗談として許してもらえる筈《はず》という計算があったらしい。しかし朱女はそのような行為がいちばん嫌いであり過敏に反応した。足もとに力が入り腐っていた横木の一本が折れると同時に他の数本も折れた。

また風が吹いた。足を下にして宙に浮游《ふゆう》するとからだが揺れ吊り橋全体も揺れた。吊り橋の上では桐吾と晃人がそれぞれの肩でザイルを支えゆっくりと繰り出している。場所こそ違え昔三人でこれに似た遊びをやった記憶が浮游感覚の中に蘇《よみが》える。朱女は真下に落ちたらしく橋板の折れていた場所から降下すれば風でからだや橋が大きく揺れぬ限りまっすぐ巣の窪みに到達する。そのままそのままなどと互いに呼びかわし降下し続ける。朱女の名を呼んでみる。返事はない。

窪みに達した。

「行くぞ」

「おお」頭上はるかの二人が応じる。

ザイルが巻きついている位置を乳の下まで押しやり頭を下にする。鎌で巣の糸を切り裂いた。数十匹のヨッパグモが白い粉の如く宙に舞った。粘り気のある糸が鎌にからみつく。鎌の刃から糸をとってはまた切り裂く。ヨッパグモは朱女が巣に穿《うが》った穴をすぐ復旧したようだ。降下の速度は宙を降下していた時と変わらない。ゴーグルを持ってくればよかったと思うがあわてていたためそこまで考えが及ばなかったのだ。濃密な雲の中ヨッパグモが眼にとびこまぬよう切り裂く時には眼を閉じねばならない。切り裂くたび掛け声のように朱女の名を呼ぶ。返事はない。耳の穴がむず痒《がゆ》い。

むず痒さがからだのあちこちに拡がりはじめた。ヨッパグモに嚙まれているようだ。下方に眼を凝らすがただ乳白色があるばかりだ。頭上を見るとまだ小さく青空があった。むず痒い。ヨッパグモたちが蠢っているのだな。朱女が糸にくるまっているのではないか。むず痒い。彼女のからだを切り裂いたりしてはならない。さらに眼を凝らすが眼下の乳白色に濃淡は見られない。朱女はどこまで落ちたのだろう。

懐《なつ》かしい感覚が戻ってきた。忘れていた感覚だ。時おりちらりと芳香だけを嗅《か》ぎとることができてすぐ遠ざかっていったあの感覚だ。まるで心の奥の混沌《こんとん》に舞い戻っていくようだ。子供の頃の朱女がいる。乳白色の朝靄につつまれたこの朝はあの高校の木造の校舎の中だろうか。朱女は一方で大人になり現在の妻でもある女性として陽光の中の教室の隅にいる。

「君はヨッパグモのお姫さまだったのかい」

朱女は何か作っているようだ。

「お菓子を包んでいます。これから電報を打たなければなりません」

なるほどなるほどと思う。「国家を編集するんだね」

「あなたは逃げ出さないでください」

糸を紡《つむ》ぐようにもうひとつの論理による筋道立った会話が次つぎと繰り出されてい

く。これは非常に重要な話なのだと理解でき納得できるのだ。

「合掌してください」

映画館の前だ。合掌せよというのが映画を見ようということなのだとすぐに翻訳できる。ああ。この国のことばがわかりはじめたぞ。しかし映画館の中でやっているのは紙芝居なのだ。

「ことばはみんな商号だったようだね」

「そんな人はみなお寺の裏に集ってもらいました」

朱女が八畳の間にいる。巣を背にしていてまるで彫刻のようだ。今日は文化の日だったかな。「何もかもを失ったように思っていたんだけど雨が降ったりした時は君が本当に好きなんだよ」

朱女は華やかな笑顔でのけぞる。「もうそんな時代になっていたんですか」

「知らなかったの。桐吾や晃人も一緒なんだぜ」

みんな雑誌の挿絵《さしえ》になりはじめていた。散髪屋の横の路地で誰かが来るのを待っているのだ。

「いくら耕やしたって電力が供給できないでしょう」

「大丈夫。もう君のことばがわかるんだから」だからこそ中小企業が成り立っているんじゃないかと思う。ありあまる存続の糸をたぐり朱女は財貨を貯《たくわ》え続けているのだ。

「でもそれは世間体に過ぎませんから」

「ぼくなら君の統治する国家に喜んで」いや。すでに彼女の支配下にあるではないか。

「崩壊させてもらうよ」

「いいえ。これは説話の世界じゃないのですよ。何か聞こえるでしょう」

「ありがとう。この辺に小屋掛けをするから」農協の隣りがいいだろう。

「ほら。甘い感触でしょう」

奇妙なのは村人たちの方であったのだ。「和紙を張りめぐらせて独立すればよかったんだ」

「よく見えるわ」

朱女の宣言ですべての人間が悟るだろう。凌辱《りょうじょく》されたのは実は自分たちの方であったことを。定価などないのだ。「そうだ。村以外のすべてを逆に封じこめてやろう」

「ええ。名刺にそう印刷しておきましょうね」

朱女は白無垢《しろむく》を着て手に白磁の器を持っている。その上下から鍾乳洞《しょうにゅうどう》のような凹凸《おうとつ》が垂れ下がり突き出ている。

「自由だったんだ」

「そうよ。その鎖をはずしておしまいなさい」

なぜかいちばん声の弱い意識の表面の方からの抑止が逆に深層へ向かって働いている。やめろ。やめろ。白夜《びゃくや》の中に踏み迷うぞ。しかし胸を締めつけている鎖から脱け出さずにはいられない。

突然の落下。気がつけば水の中だ。底が浅い。幻覚の中で自らザイルを振りほどいたようだ。水は流れている。僧都川だな。巣を突き抜けてヨッパ谷の谷底へ落ちたに違いない。あたりはうす暗いが見あげるとヨッパグモの巣によって天井が乳白色のドームになっている。朱女の声が聞こえた。岸を見ると白い岩場の上で白い犬が吠えている。まだ幻覚の中にいるのだろうか。円天井からの極めてわずかな光線によってこの世ならぬ白銀色の奇怪な光景が周囲にある。

「あなた。わたしはここです」

岸で朱女が呼んでいた。幅二間ほどの川の中央で立ちあがり腰まで水に浸《つか》ったまま彼女の方へ歩き出す。「無事だったね」

「あなたがきっと来てくれると思っていました。だからここにいたんです」

岸にたどりつくとシロが走ってきて足にまといついた。「シロだ。こいつ生きていたんだ」

「お魚を食べて生きていたんです。ほら。この辺お魚がいっぱい」

淵《ふち》に岩魚《いわな》がうようよしていた。上から落ちてくるヨッパグモを食べるためだろう。ヨッパグモが魚を食べるという話とはまるで逆だったのだ。岸辺は土の上も岩の上もヨッパグモの死骸《しがい》でまっ白である。「天国のイメージだなあ」

「ほんとうに」

朱女と抱きあう。「巣の中を通り抜けたために君のことや君の言うことが理解できるようになったよ」

「嚙《か》まれたのですね。わたしはまっすぐここまで落ちてきました」

強靭《きょうじん》なヨッパグモの糸のお蔭《かげ》で川底へ叩《たた》きつけられずにすんだのだ。笑いあいまた抱きあう。「しかしすごい数の魚だなあ」

「ええ。秘密の漁場ですね。また来ましょうね」

「うん。また来よう」

もう少しそこにいてあたりの景色などを楽しみたかったが吊り橋の上では桐吾や晃人が心配している筈だった。

朱女が流れを指した。「あの巣の下さえ潜れば下流に出ます」

朱女は川の中ほどまで歩いて行って全身を水に浸し流れに身をまかせた。シロを抱いて彼女に続くと黄色い着物の朱女が黄金色の巨大な錦鯉《にしきごい》のように見えた。川面《かわも》すれすれにまで巣が垂れさがっているすぐ手前で朱女が水に潜《もぐ》った。頭を鷲《わし》づかみにするようにシロの両耳を片手で塞《ふさ》いでやり彼女に続いてほんの少し潜る。水面に浮かぶなり川は何段にもなったゆるやかな滝となり二人と一匹はひとかたまりになって水蘚《みずごけ》の生えた岩の棚《たな》をゆっくりところがり落ちて行く。

（「新潮」昭和六十三年一月号）

解説

河合隼雄

筒井康隆さんという人は、ずいぶんとやさしい心を持った人か、あるいは相当な遠謀深慮の人ではないかと思う。それに比して、私など浅はかなので、自分の知っていることは結果を考えずにすぐ言いたくなるのだ。それで敢《あえ》て言ってしまうが、ここに筒井さんが『自選ファンタジー傑作集』として編んでいるもののなかには、ファンタジーなどではなく、まったく実話のものもあるのだ。

実話を実話と言わないのは、筒井さんの配慮によるもので、たとえば、神戸の「薬菜飯店」にしろ「エロチック街道」にしろ、実在しているとわかるや否《いな》や、多くの人がやたらと押しかけ、店もトンネルもたちまち破壊されてしまうに違いないからだろう。

私が京都大学の教授をしていたとき、畏友《いゆう》の唯野《ただの》教授と「薬菜飯店」へ行ったときのことなど一生忘れられない。ファンタジーと言いながら筒井さんの筆の冴《さ》えで、現実描写が的確なので、三宮通りの路地をよく見ると、ちゃんと店の場所がわかるというものである。私は当時、白内障で目がよく見えなかったので、「啫揚辣切鮑肝」（視力回復）を注文。すぐに視力が回復したのはいいが、ニャンニャン嬢の持ってきた新聞を見ると、何と眼光紙背に徹するとはこのことで、一面を見ているのに、三面記事が透けて見えて混乱してしまったものだ。

ところで「エロチック街道」の方は、描かれていることを頼りに場所を探したが、これもまさに詳細な道案内と言うべきか、呉服屋がパチンコ屋になっていたりして、ちょっと迷ったが、無事に「温泉隧道」に着いた。ただ非常に残念なことに、最近は「当局の監視が厳しい」とかで、案内するのは女性ではなく、ロボットになっていた。おかげで私は、ロボットとしっかり抱きあったままで、百メートル余の急な傾斜を滑降することになってしまった……。

「解説」になぜそんな馬鹿《ばか》げたことを書くのだ、と叱《しか》られそうだが、実はこんなことを書いたのは、筒井さんのファンタジー作品のもつ「現実感」と、それがいかに読者の連想を刺《し》戟《げき》するか、を示したいためである。これらの作品における描写は、筒井さんが勝手に頭のなかでつくり出したものではなく、筒井さんにとってほんとうに「見えている」ことを文にしたと感じられるのである。そして、誰かの興味深い「体験談」が聞き手のイマジネーションを活性化するのと同様のことが、これらの作品を読むことによって生じてくるのである。

最近は「ファンタジー」というのは流行らしい。私は実はあるファンタジー大賞というのの選考委員をしていて、応募されてきた作品を毎年読んでいるのだが、どうも最近の流行の結果なのか、マンガとアニメの影響なのか、とんでもない「つくり話」を読まされることが多く、げんなりとしているのである。

ファンタジーと「つくり話」とは異なるものだ、と私は思っている。つくり話なら誰でもつくれる。ぼうとしているときなど、「もしも宝くじで一億円が当ったら」という調子で、ありもしない話を思い浮かべることができる。もっとも、「つくり話」も商業的配慮が行きとどいて、読者の喜びそうなところ、ハラハラするところなどを適当に入れ、暇つぶしには丁度よい、というのもある。これはつくるのに才能が必要なことは認めねばならないが、暇つぶし以外の効果はあまり認められない。安易な観光旅行に似ているのではなかろうか。ある程度は、面白いし興味も感じるが、心に何もあまり残らないのである。

これに対して、ファンタジーの方は、何と言っても、つくり手の心のかかわり方がまったく変ってくる。通常の意識でぼんやり考えるのとはまったく異なり、心の深層への降下がなされねばならない。それが何とも恐ろしく、かつ妙なものであることは、本書のなかの「ヨッパ谷への降下」によく示されている。ファンタジーを書く人は、「ご飯の中に社会が見え」たり、「お味噌汁《みそしる》の中に国家がある」のがわかったりするか、少なくともそのような人を伴侶《はんりょ》にするくらいでなければならないのだ。

深層への降下の結果、そこで「体験」することを書くのがファンタジーである。別に深層への降下を試みなくとも、この世の普通の世界においても、われわれの体験することは、なかなか自分の思うままにゆかないことが多い。「こうすると、こうなる」と考えていても、思いがけないことが起こって、当てがはずれたり、失敗に終ったりすることが多い。ファンタジーの世界でも同様である。なかなか思いどおりにはゆかないのだ。

「あのふたり様子が変」においてもまったくそのとおり、洋一と佐登子は「その気」になっているのに、つぎつぎと思いがけないことが起り思いを遂げることができないのである。それは「ファンタジーのことだから、筒井さんが意地悪く話をつくっているからだ」などと思う人があったとしても、その人はこのような話の結末を予想できただろうか。「つくり話」だったら決してこうはならないだろう。突然の空襲だ、そして、「これであと三十年、佐登子とすることはできなくなったのだ。洋一はなぜかそう思った。」

突然の空襲によって、二人が死んだのでもない。ともかくあと三一年は待たされる。「洋一はなぜかそう思った。」どうして三年ではなくて、三十年なのか、これは筒井さんだってわからないだろう。ともかく洋一がそう思ったのである。ファンタジーだから、作者の思うままに話がつくれると思うと大間違いである。作者が思うままにつくったのは「つくり話」になってしまう。

「体験」したことをそのまま書くのだったら誰でも書けるなどということはない。もし体験したことをそのまま書いて小説になるのだったら、すべての人が少なくとも「私小説」の作家になれるはずである。体験した事実をそのままに書いて読ませるためには筆力が必要だ。その点、筒井さんはまったく申し分がない。これらすべての作品のもつ「現実感」がそれを証明している。

というわけで、本書に書いてあるのは、つくり話でも絵空事でもなく、「北極王」の終りに書かれているように、「これはみんな、ほんとうの話です。」だからこそ、この本を頼りにして、冒頭に述べたように、私も「薬菜飯店」を訪ねたり、「エロチック街道」の「温泉隧道」を歩いたりできたのである。読者の皆さんも、この作品のなかの好きなところを訪ねてみられるとよいのではなかろうか。たとえば、「タマゴアのは古いものゲハのいる里」や「家」などは興味深いのではなかろうか。もっとも最近は古いものがどんどん壊されたり改築されたりするので、ここに書かれている「家」なども、無くなっているかも知れない。日本の「家」は崩壊していることが多いのだ。

心の深層への降下という意味では、「夢」は極めて重要なものである。最近では相当よく知られるようになったが、私のような分析家は、もっぱら相談に来た人の夢をきくのを職業にしている。このことを端的に示すために、「夢を喰うのはバク。夢で喰うのがボクです」と自己紹介のときに言ったりしている。

「法子と雲界」には、まさに夢の真実が巧みに語られている。私など、これを夢分析家養成のための教科書にしたいと思うほどである。法子が夢に基づいて雲界の弟子入りを許したのなど、夢の意味を如実に示している。

私がユング研究所というところに留学し、そこで分析家の資格をとるための論文に、日本の神話のことを書くことにした。そこで、そのためにハンガリーの高名な神話学者、ケレニイに会うことになった。大学者に会ってどんな話をするか、彼が私のことをどう思うだろうなどと心配しながら会いに行った。彼と向き合って相対したとき、ケレニイが最初に言ったことは、「あなたをしてここに来たらしめたのは、どのような夢だったか」というのであった。私の語る夢を聞いて、彼は納得がいったのだろう。

ずいぶんと長い時間をとって私にアドバイスをしてくれたのである。もっとも、私の夢は愛する女性が虎《とら》に喰われたなどというものではなかったが。

深層への降下もだんだんと深くなってくると、「秒読み」や「九死虫」のようになってくる。こうなると「事実」とは言えなくなってくるが、これらが深い「真実」について語っていることが認められるだろう。通常の世界では、われわれは時間は直線的に進むと思っている。しかし、時間を循環的と考える方がはるかに真実なのではなかろうか。過去・現在・未来と直線的に時間は進むのではなく、これらの三者は思いの外に入り混っているのだ。死の後に生が来ることもあり得るだろう。

この作品集の特徴のひとつとして、最後にあげておきたいのは、ユーモアということである。虚か実か、正か誤か、などと何かにつけて黒白を明確にするところには、ユーモアは生まれない。どちらかに決めずに待つ余裕のなかにユーモアが生まれてくる。作品を読みながら、抱腹絶倒するようなところもあるし、笑いながらも肝を冷やされる感じのするところもある。このようないろいろなユーモアも筒井さんのお得意のところであろう。

ヨッパ谷というのは、ヨーロッパ谷や、ヨッパライ谷や、ハンパ谷や、ヨタ谷などを連想させる。読者は筒井さんの導きに従って、この恐ろしく楽しい谷への降下を体験されることだろう。これはあくまでも降下であり、落下しないように注意することもお忘れにならないように。

（平成十七年十一月、臨床心理学者）

「薬菜飯店」「法子と雲界」「秒読み」「ヨッパ谷への降下」	新潮社刊『薬菜飯店』（昭和六十三年六月）、新潮文庫『薬菜飯店』（平成四年八月）に収録
「エロチック街道」	新潮社刊『エロチック街道』（昭和五十六年十月）、新潮文庫『エロチック街道』（昭和五十九年十月）に収録
「箪笥」	新潮社刊『夜のコント・冬のコント』（平成一年四月）、新潮文庫『夜のコント・冬のコント』（平成六年十一月）に収録
「タマゴアゲハのいる里」「九死虫」「北極王」「あのふたり様子が変」	新潮社刊『最後の伝令』（平成五年一月）、新潮文庫『最後の伝令』（平成八年一月）に収録
「東京幻視」	新潮社刊『串刺し教授』（昭和六十年十二月）、新潮文庫『串刺し教授』（昭和六十三年十二月）に収録
「家」	新潮社刊『将軍が目醒めた時』（昭和四十七年九月）、新潮文庫『将軍が目醒めた時』（昭和五十一年十二月）に収録

筒井康隆著

パプリカ

ヒロインは他人の夢に侵入できる夢探偵パプリカ。究極の精神医療マシンの争奪戦は夢と現実の境界を壊し、世界は未体験ゾーンに！

筒井康隆著

懲戒の部屋

―自選ホラー傑作集1―

逃げ場なしの絶望的状況。それでもどす黒い悪夢は襲い掛かる。身も凍る恐怖の逸品を著者自ら選び抜いたホラー傑作集第一弾！

筒井康隆著

最後の喫煙者

―自選ドタバタ傑作集1―

「ドタバタ」とは手足がケイレンし、耳から脳がこぼれるほど笑ってしまう小説のこと。ツツイ中毒必至の自選爆笑傑作集第一弾！

筒井康隆著

傾いた世界

―自選ドタバタ傑作集2―

正常と狂気の深〜い関係から生まれた猛毒入りユーモア七連発。永遠に読み継がれる傑作だけを厳選した自選爆笑傑作集第二弾！

筒井康隆著

旅のラゴス

集団転移、壁抜けなど不思議な体験を繰り返し、二度も奴隷の身に落とされながら、生涯をかけて旅を続ける男・ラゴスの目的は何か？

筒井康隆著

聖痕

あまりの美貌ゆえ性器を切り取られた少年は救い主となれるか？　現代文学の巨匠が小説技術の粋を尽して描く数奇極まる「聖人伝」。

新潮文庫の新刊

ガルシア=マルケス
鼓直訳
族長の秋
何百年も国家に君臨し、誰も顔を見たことのない残虐な大統領が死んだ――。権力の実相をグロテスクに描き尽くした長編第二作。

葉真中顕著
灼熱
渡辺淳一文学賞受賞
「日本は戦争に勝った!」第二次大戦後、ブラジルの日本人たちの間で流血の抗争が起きた。分断と憎悪そして殺人、圧巻の群像劇。

長浦京著
プリンシパル
悪女か、獣物か――。敗戦直後の東京で、極道組織の組長代行となった令嬢が、策謀渦巻く闇に舞う。超弩級ピカレスク・ロマン。

O・ドーナト
鹿田昌美訳
母親になって後悔してる
子どもを愛している。けれど母ではない人生を願う。存在しないものとされてきた思いを丁寧に掬い、世界各国で大反響を呼んだ一冊。

東崎惟子著
美澄真白の正なる殺人
『竜殺しのブリュンヒルド』で「このラノ」総合2位の電撃文庫期待の若手が放つ、慟哭の学園百合×猟奇ホラーサスペンス!

R・リテル
北村太郎訳
アマチュア
テロリストに婚約者を殺されたCIAの暗号作成及び解読係のチャーリー・ヘラーは、復讐を心に誓いアマチュア暗殺者へと変貌する。

新潮文庫の新刊

C・S・ルイス
小澤身和子訳
ナルニア国物語4
銀のいすと地底の国

いじめっ子に追われナルニアに逃げ込んだユースティスとジル。アスランの命を受け、魔女にさらわれたリリアン王子の行方を追う。

杉井光著
世界でいちばん透きとおった物語2

新人作家の藤阪燈真の元に、再び遺稿を巡る謎が舞い込む。メディアで話題沸騰の超話題作、待望の続編。ビブリオミステリ第二弾。

乃南アサ著
家裁調査官・庵原かのん

家裁調査官の庵原かのんは、罪を犯した子どもたちの声を聴くうちに、事件の裏に潜む問題に気が付き……。待望の新シリーズ開幕！

沢木耕太郎著
いのちの記憶
―銀河を渡るⅡ―

少年時代の衝動、海外へ足を向かわせた熱の正体、幾度もの出会いと別れ、少年時代から今日までの日々を辿る25年間のエッセイ集。

燃え殻著
それでも日々はつづくから

きらきら映える日々からは遠い「まーまー」な日常こそが愛おしい。「週刊新潮」の人気連載をまとめた、共感度抜群のエッセイ集。

D・E・ウェストレイク
木村二郎訳
うしろにご用心！

不運な泥棒ドートマンダーと仲間たちが企む美術品強奪。思いもよらぬ邪魔立てが次々入り……大人気ユーモア・ミステリー、降臨！

ヨッパ谷《だに》への降下《こうか》

自選ファンタジー傑作集

新潮文庫　つ－4－48

平成十八年一月一日発行
令和七年三月十五日四刷

著者　筒《つ》井《い》康《やす》隆《たか》

発行者　佐藤隆信

発行所　株式会社 新潮社

郵便番号　一六二―八七一一
東京都新宿区矢来町七一
電話 編集部(〇三)三二六六―五四四〇
読者係(〇三)三二六六―五一一一
https://www.shinchosha.co.jp

価格はカバーに表示してあります。

印刷・大日本印刷株式会社　製本・加藤製本株式会社

ISBN978-4-10-117148-7 C0193